Dirceu Braz

Die Vogelscheuche

Erzählungen

Books on Demand

Impressum

Kontakt zum Autor:
braz-trompete@hotmail.com
www.dirceu-braz.org
www.dirceu-braz.com

1. Auflage 2015

Cover-Bild: Dirceu Braz
Fotografie Coverbild: Magdalena Ringeling
Alle Gemälde im Buch: © Dirceu Braz
Lektorat: Magdalena Ringeling
Cover-Gestaltung, Layout und Satz:
Nils Hoffmann, Schwäbisch Gmünd
www.nils-hoffmann-design.de

Herstellung, Druck und Verlag:
Books on Demand, Norderstedt
Printed in Germany

ISBN 9783738615180

Der Autor

 Dirceu Braz, geboren am 10. November 1950 in São Paulo, Brasilien, stammt aus einer sehr einfachen Familie. Sein Drang nach Bildung und der Wunsch, eines Tages in Europa leben zu können, um sein Musikstudium fortzusetzen, führte ihn im Jahr 1973 nach Deutschland, wo er zuerst an der Musikhochschule Stuttgart studierte, und später in der Schweiz. Dort setzte er sein Studium am Züricher Konservatorium fort. Danach kam der junge Brasilianer zurück nach Deutschland und war 12 Jahre lang in Heidelberg als Dozent für das Fach Trompete tätig. Während dieser Zeit in Heidelberg ergab sich eine internationale Karriere als Trompetensolist, in der über 10 Tonträger entstanden sind. Dirceu Braz verfolgte seinen Traum, sich nicht nur als Musiker, sondern auch als Buchautor und Maler durchzusetzen, was ihm auch gelungen ist.

Das vorliegende Buch "Die Vogelscheuche" ist das achte Werk, das in kurzer Zeit von ihm auf den Markt erschienen ist. Dennoch warten dutzende Bücher, die sich teils noch als Manuskripte im Regal befinden, gespannt darauf, publiziert zu werden, darunter viele Romane, Gedichte und Erzählungen, die entweder in seiner Muttersprache Portugiesisch oder auf Deutsch verfasst wurden.

Introduktion

Oft wachsen uns der Stress und die Alltagsprobleme über den Kopf, so dass wir das Bedürfnis haben am liebsten eine Vogelscheuche auf einem friedlichen Feld zu sein, anstatt weiterhin die Rolle in der Gesellschaft weiterzuspielen, die wir übernommen haben. Soweit kam es auch mit einem braven Familienvater, der ursprünglich ein erfolgreicher Banker war. Doch seine Arbeit und der Stress brachten ihn an seine Grenzen. Deshalb wollte er aus der Lebensroutine aussteigen. Am liebsten wäre er bei seiner Vogelscheuche, die er regelmäßig besuchte, geblieben. Mit diesen Überlegungen traf er bei seiner Ehefrau jedoch nicht auf Verständnis. Sie hatte den Luxus und das Prestige im Kopf, fühlte sich als feine Dame. Ihren Mann sah sie nicht als Helden, sondern als Neurotiker der Familie. Eines Tages führte dies dazu, dass er in die Psychiatrie kam und das Familienleben sich völlig veränderte.

Berührend ist auch die Geschichte von Manuel und Frieda, zwei jungen Menschen, die in unterschiedlichen Schichten aufwuchsen. Sie ergänzen sich dennoch, versuchen einen gemeinsamen Weg zu gehen. Manuel beginnt als Bauarbeiter und schafft es aufzusteigen, vor allem immer respektiert zu werden. Beide erleben die Realität noch schöner als im Märchen. Ähnlich ergeht es Thomas und Mariana, einer Brötchenverkäuferin, die auf ihren Märchenprinz wartet, den sie in Thomas zu finden
scheint.

Der alte Mann und der Priester handelt von einem ehemaligen Schiffskoch aus Asien, der um die Welt reiste und sich nun in einem sicheren Hafen zur Ruhe gesetzt hat, gelegentlich noch in einem China-Restaurant kocht. Die Gäste dort haben keine Ahnung von der chinesischen Küche, anders als die Matrosen, die sein Essen sehr schätzten. Eines Tages begegnet er einem jungen katholischen Priester, der tausend Fragen stellt. Der Priester möchte aus buddhistischer Sicht mehr über das wirkliche Leben erfahren. Die beiden machen einen Deal. Sie vereinbaren sich täglich zu treffen und zu unterhalten sowie Sport zu treiben. Durch seine ständigen Fragen motiviert der Priester den Alten, über seine Vergangenheit und das Leben auf dem Meer nachzudenken. Doch eines Tages kommt der Junge nicht mehr. Der Koch bekommt Lust wieder zu reisen, die Wellen und Stürme zu erleben, doch weiß, dass er im Hafen bleiben wird, wie ein verrostetes Schiff. Dies und der Weggang machen ihn traurig.

Diese und andere Geschichten des gebürtigen Brasilianers Dirceu Braz, aus dem Buch ”Die Vogelscheuche”, sind sehr lebendig, geheimnisvoll und aktuell. Kapitel für Kapitel stellt sich der Lesegenuss ein. Die Phantasiereise mit dem Pferdemann führt durch Süd-Amerika, die Geschichte des Bankräubers von Trier nach Deutschland. Die Erzählungen versprechen Genuss pur.

Gewidmet meiner Tochter Michelle
und meinem Sohn Dominik,
die mich im Sommer 2011
so sehr inspirierten.

Inhalt

01 *Wenn*

Wenn ich weine
Bin ich bei Gott
Wenn ich lache
Bin ich bei Gott
Und wenn ich leiden muss ...
Dann ist Gott bei mir!

02 *Die Vogelscheuche*

Auch eine Vogelscheuche kann ihren Spaß an der Arbeit haben, es mag sein, dass diese Gestalt den Passanten sehr komisch vorkommt, oft wird gesagt:
"Der da bleibt den ganzen Tag hängen und tut überhaupt nichts."
Im Leben gibt es sehr viele solcher Vogelscheuchen. Ja, manche sind in der Natur, viele laufen überall auf der Straße herum, oder sind sogar stolz darauf eine Vogelscheuche zu sein. Die haben wirklich Spaß dabei, und so können wir wohl sagen, dass manche sich sehr schick kleiden für diesen Vogelscheuchendienst. Einige davon zeigen sich zum Beispiel in sehr eleganten Anzügen, mit weißem Hemd und Krawatte, manche sehen schon aus wie Bankdirektoren. Nun, die echten Vogelscheuchen geben nicht soviel an wie manche Mitarbeiter in Bankfilialen kleiner Dörfer. Wir sind lauter Vogelscheuchen des Lebens und des Alltags. Diejenigen, die es nicht merken, bleiben stehen, bis ein starker Wind kommt und ihre Gestalt zu Boden wirft. Es gibt auch die ohne guten Geschmack. Sie sehen noch schlimmer aus als Vogelscheuchen nach dem Sturm.
Ich kannte eine Vogelscheuche, die sehr nett war. Ja, in ihrem schwarzen Anzug und polierten Schuhen, sah sie wirklich sehr gut aus. Sie lebte nicht weit von uns entfernt, dort ging ich gern mit unserem Hund spazieren. Wir freundeten uns mit der Zeit sehr gut an. Sie trug einen Hut und eine Seidenkrawatte. Man hätte denken können, dies sei jemand von der Berliner Fashion Week. Die hatte dort, bei den Vögeln, viel zu sagen, die Vögel machten einen Bogen um sie und die Kinder nannten sie:
"Dr. Vogelscheuche."

Es war schon was besonderes an diesem Menschen. Habe ich Mensch gesagt? Na ja, wir könnten zu ihm sogar Mensch sagen, so echt wie sein Auftritt im Maisfeld war. Es war etwas Lebendiges an dieser Gestalt. Eines Tages kam ich abends vorbei und sie war nicht da, der starke Wind hate sie zu Boden geworfen, oder sie wollte sich einfach hinlegen und ein bisschen schlafen. Ich rannte sofort zu ihr und half ihr aufzustehen. Sie war sehr dankbar und lächelte mich an, dabei hatte ich den Eindruck, dass sie mir etwas sagen wollte. Nun, dachte ich, es muss schon eine Strapaze sein, egal ob Winter oder Sommer ist immer da zu hängen, zu warten ob ein Vogel kommt und ihn zu verjagen. Sie hat es schwerer als mancher Beamte. Aber Talent dafür hat sie gehabt. Diese Vogelscheuche war immer zu sehen. Tag und Nacht hing sie am Stock und lächelte die Welt an. Irgendwie sah sie vollkommen glücklich aus. Ihr Job war es, die gefräßigen Tiere vom Feld fernzuhalten. Ich sprach sie einmal an, nur so zum Spaß, aber erstaunlicherweise bekam ich eine Antwort:
"Na, Sie da oben, was für ein Job, nicht wahr? Morgen wird es Regen geben, bleiben Sie da stehen wie ein Idiot oder legen Sie morgen eine Pause ein? Es macht müde immer da zu bleiben, oder? Sie sehen aus wie ein Bankdirektor, sind Sie einer?"
Ich schaute den "Menschen" an, sprach mit ihm ein paar Minuten. Dann gab ich es auf und wollte weiterlaufen, weit entfernt hörte ich eine Stimme. Da erschrak ich, denn ich war ganz allein zwischen großen verlassenen Maisfeldern. Die Stimme klang sehr deutlich und scharf in meinen Ohren.
"Was denken Sie, mein Freund, haben Sie vielleicht einen besseren Job als ich? Ich mache das gern, die Kinder mögen mich, das ist für mich sehr wichtig. Die Vögel auch, aber die müssen sich von mir fernhalten, sonst gibt es Ärger. Nun,

die wissen wer ich bin. Das ist mein Job, ich bin hier der Chef. Bei Ihnen zuhause ist bestimmt Ihre Frau die Chefin, oder? Dort haben Sie gar nichts zu sagen, ist das nicht so?"
Eine Vogelscheuche sprach mit mir und wollte mich schon beim ersten Gespräch beleidigen, das war nicht normal, oder? Ich hörte alles, bekam sogar ein bisschen Angst und wollte am liebsten wegrennen. Aber dann hätte ich mich hinterher komisch gefühlt. Ich hätte niemandem erzählen können, dass ich mit einer Vogelscheuche geredet habe und beinahe vor Angst wegrannte. Aber das war tatsächlich so, sie sprach wirklich mit mir, es war nicht zu fassen. Unmöglich, oder? So blieb ich, aber meine Beine zitterten. Der "Mann" schaute mich an und lachte mich aus.
"Na, großer Mann, hast du die Sprache verloren? Denkst du, nur die Menschen können sprechen? Ja, sie reden sehr gern, oft viel zu viel. Willst du nicht mit mir reden? Du machst dir gleich in die Hose, oder? Mensch, sag doch was. Du stehst da wie ein Vollidiot und vergeudest unsere Zeit. Ich muss wieder an die Arbeit. Siehst du? Da war ein kleiner Vogel, er hat fast was geschnappt. Ich muss mich konzentrieren und habe keine Zeit zu verlieren mit kleinen Kindern wie dir. Denkst du, mir macht es Spaß hier hängen zu bleiben und du bist nicht mal in der Lage mit mir zu sprechen? Verpiss dich, wenn du nicht mit mir sprechen willst. Wird es bald, oder was?"
Ich wusste wirklich nicht, was ich antworten sollte, fühlte mich wie ein Idiot. Eine Vogelscheuche degradierte mich und ich reagierte überhaupt nicht, war total durcheinander, was war los mit mir? Ich fühlte mich genau wie vor meiner Schwiegermutter, die immer versuchte mich fertigzumachen. Das war nicht normal. Dann sagte ich irgendwelchen Blödsinn wie:
"Ich muss weiter, viel Spaß bei deinem Job, ich komme wie-

der. Ade!" Schon wollte ich aus Angst weglaufen. Wovor hatte ich eigentlich diese Mordsangst? Es war komisch.

"Was, du musst weiter? Wohin denn, du Penner, du Miststück, was ist los mit dir? Du kommst schon seit Jahren an mir vorbei. Du schaust mich an, deine Kinder werfen Steine nach mir und du sagst gar nichts. Hiergeblieben, heute werden wir miteinander reden."

"Ich muss wirklich nachhause, meine Kinder warten auf mich. Zeit für das Abendessen, weißt du?"

"Ja, jetzt musst du weiter, sonst bleibst du stundenlang, weißt nicht was du mit deiner Zeit anfangen kannst, aber Zeit für mich hast du heute nicht, oder? Ja, geh weiter, mich interessiert sowieso nicht, was du sagen willst. Deine Frau sagt immer, du hast sowieso nichts zu melden. Stimmt das oder nicht? Ich höre alles hier. Du bist ein Taugenichts. Sackgasse! Verstehst du?"

Ich musste zugeben, sie wusste viel über mich und das machte mich sehr nervös. Es ging weiter.

"Du kommst jeden Tag und immer muss dein Scheißhund auf meine Füße pissen. Denkst du das macht Spaß? Warum gehst du mit deinem Hund nicht woanders pinkeln? Geh mal zur Toilette mit ihm, oder zum Teufel, ich warne dich. In der Hölle kannst du bestimmt soviel pinkeln wie du willst, aber nicht hier. Deswegen bleibt dieser Gestank und die Leute denken, ich hätte mir in die Hose gemacht. Beschissene Menschen seid ihr. Meine Arbeit macht mir Spaß, ich bin immer an der frischen Luft und muss nicht irgendwohin fahren oder gehen, wie du, der immer was erledigen muss. Schau, hast du nichts anderes zu tun als mit dem blöden Dackel spazieren zu gehen? Der sieht aus wie eine ungekochte Bratwurst. Mach doch Hotdog aus ihm, dann haben alle im Feld Ruhe. Was soll der Quatsch, jeden Tag mit ihm zu gehen? Das wäre nichts für mich. Ich bin kein Beamter, aber das Unterhalten macht mir Spaß. Schau mal, dieser große schwarze Vogel, der ist stark und sieht böse aus, aber sobald er mich sieht, bekommt er Angst und fliegt weg. So haben wir Frieden, nur weil ich hier bin. Wenn du bleiben würdest, dann würden die Vögel alles wegfressen. Nicht mal so einen Job könnntest du machen. Die würden dich sogar wegfressen. Weißt du warum? Weil du deine Arbeit nicht gut machst, weil du zu blöd dafür bist. Hab ich Recht? Weißt du warum? Weil du inkompetent bist, ein Taugenichts, nicht mal eine gute Vogelscheuche wärst du.

Du gehst jeden Tag nachhause und wenn du ankommst, willst du wieder weg, bist froh, wenn du nicht bleiben musst. Deswegen kommst du so oft zu mir. Ist das nicht so? Mach den Mund auf Mensch, ich möchte sehen, ob noch Zähne in deinem Mund sind. Hast du deine Zunge verloren? Rede mit mir, Mann! Jetzt bist du baff, weil ich soviel aus deinem Leben kenne. Ich höre viel, alle kommen an mir vorbei, plappern irgendwas. So kenne ich jedes Geheimis. Da kommt dieser Mistkerl schon wieder, der fliegt direkt zu mir, ich muss was tun. Diese Vögel kommen manchmal alle zusammen, zu tausenden, vernichten in ein paar Stunden unsere Maisfelder, ich muss aufpassen. In der Erntezeit habe ich viel zu tun, ohne mich wäre die Ernte im Eimer. Für meine Leute bin ich Gold wert, ab und an kommt ein Idiot, macht Feuer unter meinem Arsch. Viele Freunde von mir sind dabei umgekommen, es muss Freude machen Vogelscheuchen zu verbrennen. Ihr Menschen seid ekelhaft. Bist du noch da? Manchmal sehe ich nicht mehr so gut wie früher, zuviel Staub hier. Alles okay mit dir? Du wolltest wissen, ob ich müde bin? Klar, irgendwann ist jeder müde von seiner Arbeit, aber das gehört zum Leben. Ich klage nicht! Es ist schön hier zu sein, vor allem wenn ein Vollidiot wie du kommt und mit mir redet. Im Frühling und Herbst bekomme ich immer neue Kleider, meine Leute sind in Ordnung. Ich bekomme bald richtig tolle Klamotten. Einmal habe ich sogar einen Anzug von Boss bekommen, ich war dann weit und breit die schönste Vogelscheuche. Mein Gott, das war toll. Nun, durch soviel Sonne, Vogelkacke, Wind und Regen ist alles schnell alt geworden. Jetzt habe ich diese komischen Sachen aus Brasilien verpasst bekommen, ich sehe aus wie ein idiotischer Brasilianer am Copacabana Strand. Was soll's ...? Ich freue mich trotzdem. Aber deswegen werde ich kein Brasilianer sein und Samba kann ich ohnehin nicht tanzen. Das wäre was für Roberto Blanco, aber nicht für mich, der kommt aus Cuba und blanco ist er auch nicht."

"Es war nett Sie kennenzulernen, ich muss wirklich weiter, meine Arbeit wartet, bis bald," antwortete ich.

"Wann kommst du wieder?", fragte die Vogelscheuche sehr traurig. "Ich mag dich. Was ich gesagt habe tut mir leid. Oft bin ich allein, das verstehst du doch, oder? Aber lass deinen Hund bitte nicht mehr auf meine Füße pinkeln. Wenn das wieder vorkommt, werden meine Vogelfreunde dir jeden Tag auf den Kopf kacken. Komm gut nachhause, mein Freund, und wenn dir alles zuviel wird, komm zu mir. Ich habe Zeit für dich. Jede Menge."

Als ich das hörte, dachte ich mir: Sogar bei den Vogelscheuchen gibt es Leute, die sehr nett und menschlich sind. Ich verabschiedete mich, war schon auf dem Rückweg als ich die Stimme hörte:

"Denk daran, ich mache meine Arbeit sehr gern, aber du vielleicht nicht. Ich bin eine stolze Vogelscheuche, die andere erschrecken muss, aber in meinem Herzen bin ich ein Mann aus Stroh, der alle anderen Menschen lieb hat und in Frieden mit ihnen lebt. Manchmal werde ich von anderen bewundert, das macht mich glücklich. Ich bin der King of Maisfelder und bin stolz darauf, was soll's?"

Also, das war eine zufriedene Vogelscheuche, daraus habe ich viel gelernt. Als ich nachhause kam, war meine Frau wie immer verärgert.

"Wo warst du wieder? Kaum bist du daheim, dann bist du wieder weg. Immer dein Sport, immer mit dem Hund raus, das macht mich echt krank, du bist der König hier im Haus und ich bin deine Dienerin, deine Putzfrau. So ist das. Wo bist du solange geblieben? Die Kinder mussten zum Sportunterricht, ich war wieder der Trottel, der sie hinfahren musste. Das Essen ist kalt geworden, soll ich vielleicht allein essen? Die Kinder sind vom Sport zurück, aber kommen nicht, wenn ich rufe, die fragen nur. 'Ist Papa schon da?' Nein, er ist wieder nicht da, antworte ich. Die wollen wie immer mit dir essen, aber du treibst dich irgendwo herum. Mein Gott, bin ich die Heldin der Nation hier? Es wird immer besser bei uns. Du hast Stroh in deinem Haar, hast du irgendwo mit einer hübschen Blondine im Stroh gelegen? Das fehlte mir noch. Ach, mach was du willst, das tust du sowieso. Jeden Tag ist es dasselbe. Warum geht ihr nicht zum Wohnen in ein Hotel? Da bekommt ihr alles serviert und dazu die entsprechende Rechnung. Ruf mal deine Kinder. Mach bitte was Nützliches im Haus, wenn du schon hier wohnst. Wo bleiben die Kinder? Ich habe schon tausendmal gerufen, immer dasselbe Theater. 'Wir warten auf Papa.' Ruf deinen Sohn bitte! Hast du deine Stimme verloren oder was?"

Ich wusste nicht, was ich antworten sollte, am liebsten wäre ich wieder weggegangen, es war schon lange jeden Tag so. Unser gemeinsames Leben war unerträglich für mich geworden. Fast war ich schon an der Tür und wollte wieder gehen, die Hundeleine hatte ich schon, doch dann dachte ich an unsere Kinder und blieb stehen, mit Tränen in den Augen und sagte:

"Ich war bei der Vogelscheuche auf den Maisfeldern. Hast du sie schon gesehen? Die ist befreundet mit mir, wir haben uns ein bisschen unterhalten."

"Was ist los mit dir? Hast du noch alle Tassen im Schrank? Jetzt redest du sogar mit Vogelscheuchen. Das ist neu für mich. Ich mache mir langsam wirklich Sorgen um dich. Immer wieder muss ich dasselbe zu dir sagen, ich habe es nicht nur mit zwei, sondern einschließlich dir mit drei Kindern zu tun. Ein Kind davon spricht sogar mit Vogelscheuchen. Was hat die Vogelscheuche erzählt?"

Es dauerte nicht lange bis die Kinder kamen, mit ihnen starker Lärm. Sie hatten Besuch, so war der Papa plötzlich nicht mehr interessant. Ich wusste nicht, was ich machen sollte, ging ins Bad, schaute mich im Spiegel an und sah vor mir wirklich eine Vogelscheuche. Ich fühlte mich und sah aus wie eine echte Vogelscheuche. Dann nahm ich unseren Hund an die Leine, ging wieder aufs Maisfeld, ohne meiner Frau Bescheid zu sagen. Ich wollte wieder mit meinem Freund sprechen. Als ich ankam, hatte er mit dem Wind zu kämpfen. Sein Strohgesicht flog durch die Gegend, aber er hatte keine Angst.

"Schau, der Wind will mich fertigmachen, ich muss versuchen mein letztes Stroh zu retten, mein Gesicht geht sonst kaputt. Aber nicht nur die Menschen haben Angst ihr Gesicht zu verlieren, nicht wahr?", meinte er. Ich gab ihm Recht. Ich stand da und ein bisschen schüchtern fragte ich ihn.

"Könnte ich vielleicht auch ein bisschen wie du sein, eine Vogelscheuche sein? Ich weiß, so wie du werde ich es nicht können, aber darf ich? Könnte ich deinen Platz für einen Moment einnehmen? Das wäre toll."

Die Vogelscheuche konnte das nicht verstehen und fragte mich unsicher.

"Was willst du? Eine Vogelscheuche sein? Nein, das ist mein Job, mein Freund. Ich möchte keine Konkurrenz bekommen. Und wenn du plötzlich für immer dableiben willst? Dann ist ich mein Job weg. Nein, das machen wir nicht! Warum bist du zurückgekommen?"

"Ich weiß nicht, bei dir sieht alles so gut aus, du strahlt so viel Frieden aus. Es muss da oben wirklich gut sein. Darf ich? Nur ein bisschen, bitte, nur für ein paar Minuten. Du bist ein Profi, aber ich lerne alles sehr schnell. Ich passe auf, dass kein Vogel näher kommt. Du kannst eine Pause machen. Etwas schlafen, wenn du willst. Darf ich?"

"Ja klar, mein Freund, du hast Recht, so könnte ich eine kleine Pause machen. Ich bin schon ein paar Monate hier, keiner außer dir hatte bisher so eine prima Idee. Aber, du musst mich hier wegnehmen, allein schaffe ich das nicht. Am besten legst du mich auf den Boden, damit du hochkommen kannst."

Das tat ich. Vorsichtig nahm ich die Vogelscheuche von ihrem Stock, legte sie auf den Boden und schnell war ich oben. Es war eine ganz neue Erfahrung. Eine Vogelscheuche zu sein war wirklich super. Und mein Freund war total begeistert, er sagte, ich wäre dafür sehr talentiert. Naturbegabung, schrie er. Das sage ich dir, ich könnte mein ganzes Leben dort bleiben und die Vögel wegjagen. Die waren sehr frech und aggressiv, bemerkte ich. Endlich fühlte ich mich frei. Der Himmel hatte eine ganz besondere Farbe bekommen, alles duftete nach Blumen und Stroh. Was war mit mit los? Ich fand keine Erklärung.

"Bravo, weiter so, immer nach rechts und links schauen, es kann jederzeit ein blöder Vogel kommen, den musst du sofort wegjagen. Das machst du gut. Jetzt musst du die Arme ein bisschen bewegen, damit die Raben nicht zu nah kommen. Wenn die merken, dass du schläfst, kommen sie, um dein Stroh zu klauen. Da muss man wachbleiben, sonst bist du gleich nackt wie Jesus am Kreuz, die sind sehr schnell, das sage ich dir."

Ich war als Vogelscheuche sehr glücklich, von mir aus hätte ich immer eine bleiben können. Ich machte meine Augen zu, war sehr müde. Dann schlief ich ein, ebenso wie die Vogelscheuche. Später hörte ich die Stimmen von ein paar Leuten, darunter die Stimme meiner Frau. Die war mal wieder wütend und schrie mich an.

"Wird es bald, Franz? Das darf nicht wahr sein, bist du verrückt geworden? Schau, die Leute lachen über dich. Morgen bist du vielleicht sogar auf der ersten Seite unserer Zeitung, da ist schon ein Pressefotograf. Mach, dass du runterkommst, seit wann hast du einen neuen Job? Mein Gott, wieder ein Verrückter in der Familie, mein Vater ist schon in Wiesloch gelandet, du auch noch? Ich bekomme die Krise."

Es waren sehr viel Leute da, die ganze Nachbarschaft war unterwegs, um mich zu suchen, alle lachten mich aus. Ich stieg hinunter und fing an zu lachen. Keiner außer mir lachte so viel. Meine Frau machte sich Sorgen um mich, sie hatte das Krankenhaus angerufen, dann wurde ich ins Krankenhaus eingeliefert. Auf der Stelle verpassten mir die Ärzte eine Spritze. So schlief ich bestimmt zwei Tage lang. Ich wurde als gefährlicher Patient eingestuft, nur weil ich einen dieser blöden Ärzte weggeschubst hatte, als die mich in den Krankenwagen bringen wollten. Der Mann sah aus wie ein Vogel, ich verpasste ihm richtig eins auf die Nase. Als ich in die Klinik kam, nannten mich alle anderen Patienten: "Die Vogelscheuche."

Das machte mir gar nichts aus, ein junger Mann war sehr aufdringlich, es war mit ihm nicht auszuhalten, ich war nicht verrückt, musste mich mit solchen Leute aber herumschlagen. Dieser Kleine, mit seinem Teddybär, ließ mich

nicht in Ruhe, er rief mich ständig mit dem Namen Vogelscheuche. Hundertmal am Tag rief er mich, egal wo ich war,
sogar beim Essen.

"Hallo Vogelscheuche, du bist eine Vogelscheuche, nicht
wahr? Alle sagen du bist eine. Geht es dir gut?"

Ich konnte gar nicht mehr, dachte, ich wäre langsam wirklich verrückt, genau wie alle anderen. Der war schon lange
in der Klinik, für ihn gab es keine Rettung mehr. Seine
Stimme war sehr durchdringend und so störte er stundenlang meine Ohren.

"Hallo Vogelscheuche, hast du heute schon Vögel weggejagt?"

Meine Geduld war am Ende. Es dauerte nicht lange, dann
gab ich ihm eins auf die Fresse, mit voller Wucht. Aber vorher hatte ich das angekündigt.

"Hier in der Klinik darf man verrückt sein, aber nicht so
dumm und blöd wie du, das geht mir zu weit. Hast du mich
verstanden? Nimm Abstand von mir, ich bin eine Vogelscheuche und mag keine blöden Vogel wie dich."

Nachdem ich das gesagt hatte, verpasste ich ihm etwas auf
die Nase. Der Mann lag plötzlich auf dem Boden, bewegte
sich nicht und aus seinem Mund kam sehr viel Blut. Das war
mir egal. Hinterher ging es mir sehr gut. Ich dachte, ich
würde meine Frau vor mir sehen und so haute ich richtig
hin. Sofort kamen die Krankenschwestern und Krankenpfleger gerannt, banden meine Arme nach hinten und ich
fühlte mich wie ein Krimineller, der zur Todesstrafe verurteilt
ist. Dann spürte ich etwas Warmes in meinem Arm, es war
wieder eine Spritze. Es war wie eine Dosis Heroin, bald sah
ich nichts mehr, war sofort k.o.. Später wachte ich auf,
meine Frau stand vor mir. Mein Gott, dachte ich, alles, aber
bloß das nicht. Ich konnte sie kaum anschauen. Für mich
war klar, da stand der schlimmste Mensch der Welt. Wie

kann es sein, dass ich sie einmal so sehr geliebt habe und jetzt, nach fast 20 Jahren gemeinsamer Ehe und zwei Kindern hasse ich sie einfach so sehr, dass ich sie auf der Stelle umbringen könnte, aber dafür hatte ich keine Kraft mehr.

All diese Jahre hatte ich versucht sie zu verstehen, zu verzeihen, zu tolerieren, der Kinder wegen, aber jetzt konnte ich nicht mehr. Das bemerkte ich nun und es war mir in den paar Minuten als Vogelscheuche klar geworden. Sie hatte mein Leben ruiniert, ich wurde dadurch ein kranker Mensch, wusste nicht mehr wohin mit mir selbst. Dieses Leben hatte dazu beigetragen, dass ich in der Klinik landete. Sie hatte mich kaltblütig ans Messer geliefert und kam nun, um mich zu besuchen, das durfte nicht wahr sein. Als ich die Augen wieder aufmachte, merkte ich, dass sie mich küssen wollte. Ich schob sie weg, aber mit soviel Kraft, dass sie wegflog und ihr Kopf gegen die Tür und den Heizkörper knallte. Dabei schrie ich wie ein Verrückter. Sie lag verletzt am Boden. In diesem Moment hatte ich plötzlich soviel Wut und Kraft gehabt, dass ich sie hätte umbringen können. Sie blutete und hatte einen Arm gebrochen. Da kam wieder ein kräftiger Krankenpfleger, packte mich fest an. Soweit ich konnte, reagierte ich und schubste den Idioten weg, verpasste ihm eins. Dann kamen zwei Ärzte und auch Krankenschwestern. Soviel Kraft habe ich nie in meinem Leben gehabt, ich wollte diese bösen Vögel unbedingt wegjagen, war die Vogelscheuche der Nation, der Champion und dafür wurde ich bezahlt, oder? Nun, bald war für mich Feierabend. Ich konnte mich nicht mehr bewegen und meine beiden Arme taten mir so weh. Sie waren wieder nach hinten gebunden, das war schmerzhaft. Ich konnte nur noch schreien. "Lasst mich los, ihr Penner, ich bin nicht verrückt, tut doch diese Frau ins Gefängnis, sie ist verrückt, sie hat mein Leben ruiniert. Verdammt noch einmal, ich habe zwei Kinder und

muss dafür arbeiten gehen. Ich kann nicht hier sein, ich bin nicht euer Versuchskaninchen. Lasst mich los."
Ich schrie wie eine Bestie. Dann schaffte ich es einem Arzt ins Ohr zu beißen und er schrie vor Schmerz. Ein Biss ins Ohr tut richtig weh und es blutet stark. Ich war froh, den Idioten getroffen zu haben, langsam machte es mir Spaß verrückt zu sein. Ich hatte diesen Arzt schon lange im Visier. Seine Kollegen verpassten mir wieder eine neue Spritze. Dieses Mal war sie aus Rache noch stärker. Ich, als Profi-Vogelscheuche, sah tausend Vögel und war wieder weggetreten. Ich wusste, noch eine Spritze wäre mein Ende. Sie würden versuchen, mich mit weiteren Medikamenten in den Griff zu bekommen. Damit würde meine Gesundheit zugrunde gerichtet und mein Leben vernichtet. Tage später war ich wieder wach genug, konnte aber nicht mehr gut sehen, alles vor meinen Augen war verschwommen. Ich war schwach und hilflos, fühlte mich wie in einer Badewane. Vor meinen Augen bewegte sich alles. Meine Frau brauchte nicht lange, um die Scheidung einzureichen. Ich blieb noch sechs Monate in der Klinik, ohne richtigen Grund, danach durfte ich nachhause. Ich musste mein Zimmer in der Klinik verlassen, stand vor dem Krankenhaus. Am liebsten wäre ich doch dort geblieben. Keiner holte mich ab. Weder meine Frau noch eine Vogelscheuche. Ich dachte mit viel Sehnsucht an meinen Freund, die Vogelscheuche. Geld für ein Taxi hatte ich nicht. Laufen ist gesund, sagte ich mir und lief circa 10 Kilometer zu meinem Haus. Es war ein gutes Gefühl wieder vor meinem Haus zu sein, das ich mit soviel Mühe gebaut hatte. Tage und Nächte, jahrelang hatte ich dafür gearbeitet. Vieles selbstgemacht, um zu sparen. Aber da war niemand zu sehen. Es war nur ein Zettel an der Tür, darauf geschrieben:
"Wir sind verreist, bitte wegen Post bei unseren Nachbarn

melden, danke." Das konnte ich nicht begreifen, meine Frau wusste, dass ich irgendwann entlassen würde, das war mein Haus. Ich nahm meinen Schlüssel, steckte ihn in die Tür und konnte nicht aufschließen. Das Schloss war ausgetauscht worden. Ich fragte mich, wo ich an diesem Abend schlafen sollte. Auf dem Feld vielleicht? Bei meinem Freund, der Vogelscheuche? Es war Winter und kalt, ich wusste nicht, was ich machen sollte. Die Nachbarn kümmerten sich nicht um mich. Ich klingelte dort, aber niemand machte auf. Ich lief weiter, bis an die Stelle, wo die Vogelscheuche gewesen war. Die war auch nicht mehr da, im Winter braucht man ja keine Vogelscheuche, oder? Es war schon eiskalt, aber das machte mir nichts aus. Auf einmal breitete ich die Arme aus und nahm dort Platz, wo die Vogelscheuche den ganzen Frühling und Sommer war. So blieb ich etwa zwei Stunden, spürte meine Hände und Füße nicht mehr, dachte aber:

"Eine Vogelscheuche kennt keinen Schmerz, sie friert nicht und muss ihre Arbeit fortführen, egal was kommt."

Es war etwa minus 15 Grad. Ein Passant informierte die Polizei, so wurde ich wieder zu einer Klinik gebracht. Wieder pumpten sie mich mit Medikamenten voll, so dass ich nicht mal mehr meinen Namen wusste. Ich war nur die Vogelscheuche, sonst nichts.

Nach zwei Monaten hatte ich sehr viel zugenommen, sah aus wie ein Monster. Ich aß maßlos, sah aus wie ein gut gemästetes Schwein. Die Medikamente hatten mich zerstört. Ich sah aus wie ein fetter Bulle, nicht mehr wie eine freundliche Vogelscheuche, sondern wie ein Gespenst. Von meiner Frau hörte ich gar nichts mehr. Eine Vogelscheuche braucht auch keine Frau, die kommt allein zurecht.

Ich war im zehnten Stock des Krankenhauses, meine Fenster waren mit Spezialglas gesichert. Eines Tages wollte ich einen Ausflug machen, fuhr mit dem Aufzug hoch zum 12.

Stockwerk. Über eine steile Treppe kam ich ganz nach oben. Ich konnte die Stadt von oben sehen, es war wunderschön, es war wieder Frühling, ich wollte raus, aufs Feld, ich musste die Vögel wegjagen. Die Autos waren so klein wie Streichhölzer. Dieses Glück dauerte nicht lange an, die Krankenpfleger kamen, aber dieses Mal leistete ich keinen Widerstand mehr. Ich lief mit ihnen nach unten, wie ein kleines Kind. Aber nach etwa drei Monaten, als es endlich sehr warm war, musste ich unbedingt wieder aufs Dach gehen. Ich wollte den Himmel mit meinen Fingern berühren, die frische Luft in meinem Gesicht spüren. Von oben sah ich damals sogar mein Haus. Ich war auf einmal die glücklichste Vogelscheuche der Welt. Mehrmals ging ich wieder hoch, weil ich einen Trick kannte, dort fühlte ich mich frei. Ich habe gesungen, geschrien und alle Vögel weggejagt. Aber das Glück dauerte nicht an, wieder kam ein Krankenpfleger, schnappte mich und diesmal gab er keinen Ton von sich, es gab nur Gewalt. Ich war dick, krank und konnte mich nicht mehr wie früher wehren. Ich lachte und weinte und schrie.
"Ich habe doch nichts getan. Lasst mich bitte frei, ich bin nicht krank. Ich habe eine Familie, ich habe zwei Kinder, ich möchte nachhause."
Nun, die Krankenpfleger waren nicht unbedingt gesprächig, wie immer verpassten sie mir eine Spritze und ich war K.o. Mit letzter Kraft schrie ich.
"Lasst mich los, was habe ich getan?"
Aber die hörten mich nicht und waren bald wieder weg. Ich lag da wie ein toter Mann. Ich wusste, dass diese Medikamente mein Ende wären, schlief andauernd.
Sobald ich wach war, musste ich sechs Medikamente nehmen. Am liebsten hätte ich mich umgebracht. Aber Gott wollte das nicht. Dann wurde ich der Trottel der Nation, alle lachten über mich. Ich bekam starke Depressionen und

konnte ohne Medikamente nicht mehr leben. Eines Tages kam meine Frau mit meinen Kindern zu mir, sie wollte mir nur mitteilen, dass alles für die Scheidung vorbereitet sei, und wollte noch wissen, ob ich mit der Scheidung einverstanden sei. Ich habe ja gesagt, mehr nicht, meine Kinder hatte ich schon fast ein Jahr nicht mehr gesehen. Sie erwähnte, dass sie das Haus gern behalten wolle, weil sie die Kinder habe. Und sie musste sich um die Kinder kümmern, konnte nicht irgendwo hinziehen. Das neue Auto, ein moderner BMW, den ich vor vier Jahren für 46.000 Euro gekauft hatte war schon bezahlt. Er war ganz in Schwarz, mit Ledersitzen, ich bin damit gern gefahren. Den wollte sie auch haben. Es wäre sehr wichtig für sie, da sie die Kinder jeden Tag zur Schule bringen und abholen müsste. Ich war auch damit einverstanden, Hauptsache ich müsste sie nie mehr sehen. Alles was sie wollte unterschrieb ich. Ihr Anwalt war dabei und lächelte wie ein Vollidiot. Später bekam ich mit, dass ihr Freund zu uns ins Haus eingezogen war, in meinem Bett mit meiner Exfrau schlief. Sie lebten dort wie zwei verliebte und glückliche Vögel, dort wo meine Kinder geboren waren und ich mit meiner Familie so viele Jahre glücklich war. Die Affäre der beiden ging schon jahrelang und ich, der blöde Ehemann, hatte nie was bemerkt. Er war ihr Tennislehrer, ein junger Mann, ein Sonnyboy, der mehr auf Ibiza war als in Deutschland. Ich habe alles verloren, Haus, Familie, Auto und hatte noch viele Schulden zu zahlen, die ich niemals tilgen könnte. Doch ich fragte mich: "Was braucht eine Vogelscheuche, die muss auch keine Schulden zahlen, oder?"

In der Klinik blieb ich noch insgesamt circa vier Monate. Ich wusste vieles nicht mehr, war total verwirrt und gegen alles gab es Medikamente. Ich wusste nicht mehr, wer ich war. Vielleicht eine pensionierte Vogelscheuche, oder ein Versager als Familienvater und Geschäftsmann. Meine Schwester nahm mich zu sich, als Therapie fing ich an zu malen. Ich war wie ein Kind geworden. Nach meiner Entlassung bekam ich Wohngeld und musste die Privatinsolvenz beantragen. Doch so bekam ich Frieden in meinem Leben. Ich bin ein Sozialhilfeempfänger geworden. Ja, ich bin ein "Staatsfresser", genau wie viele Millionen Menschen in Deutschland. Außer einer Vogelscheuche als Freund, die weit entfernt auf einem Feld war, hatte ich nichts mehr, wusste nicht mehr, ob ich lachen oder weinen sollte. Aus Langeweile malte ich. Meine Bilder waren alle gleich, lauter Vogelscheuchen. Die Menschen sahen das. Nach vielen Jahren starb plötzlich meine Schwester und ich hatte keine Ahnung, wohin ich gehen sollte. Vielleicht wieder in eine Klinik? Nein, niemals mehr. Eine Vogelscheuche ist überall glücklich und überall zuhause. Meine Kinder waren schon groß, von ihrem Papa hielten die gar nichts, der war nur ein verrückter Mann. Ja, der Papa war nicht mehr wichtig in ihrem Leben. Sie kamen nie zu Besuch, riefen nicht an, schrieben nicht zum Geburtstag. Die Mutter hatte eine sehr gute Überzeugungsarbeit geleistet. Mein ältester Sohn hatte schon Medizin studiert und war stolz auf seine künftige Karriere als Mediziner, der andere war noch in der Schule. Das hatte meine Schwester mir erzählt, aber ich fragte nie, ich war tot für jede Art von Gefühl.

Wir haben uns kaum in all diesen Jahren gesehen, die Mama wollte nicht, dass die Kinder zu dem verrrückten Papa kommen. Eines Tages war die Vogelscheuche endlich tot. Ich wachte nicht mehr auf, alle Vögel feierten drei Tage lang. So ging ich von dieser Welt, ohne Abschied zu nehmen. Als Mensch war ich immer sehr unglücklich, aber als Vogelscheuche glücklich. Ich habe mich am Ende meines Leben wiedergefunden, an dem Tag als ich eine Vogelscheuche sein

konnte. Das veränderte mein Leben. Aber jetzt war mein Leben vorbei, ich konnte in Frieden gehen. Dann kam ich in den Himmel, direkt zum Chef, einem großen Mann mit weißem Bart. Er fragte mich sofort empört:
"Was willst du hier, du Vogelscheuche?" Sogar im Himmel war ich schon bekannt als Vogelscheuche. "Es ist noch zu früh für dich, wir haben hier noch Ferienzeit. Wir haben sehr viel zu tun mit der großen Katastrophe in Japan, mit der Kernkraftwerksgeschichte. Hier im Himmel ist viel Betrieb, mein Lieber, tut uns leid, aber wir haben für dich jetzt keinen Platz und auch keine Zeit. Du musst wieder zurück zur Erde gehen. Zurück, abgewiesen. Basta, niente!"
Ich konnte meinen Mund nicht aufmachen und wurde sofort wieder zur Erde gesendet. Dann wachte ich auf, in einem sehr kalten Zimmer. Niemand war da, ich konnte gar nichts begreifen, aber rausgehen konnte ich nicht. Es war so kalt, dass ich mich beschweren wollte. Ich war in eine Kiste gepackt und konnte mich nicht bewegen. Zum Glück war es schon hell und ein Mitarbeiter des Bestattungsinstitus kam herein. Ich wollte raus und klopfte mit aller Kraft an den Sarg und schrie. Der Mitarbeiter erschrak, anstatt mich freizulassen! Der Idiot rannte weg und bis heute hörte man nichts mehr von ihm. Später kam die hübsche Sekretärin und bemerkte, dass ich nicht tot war. Ja, wenn jemand im Sarg klopft, muss er noch lebendig sein. Sie holte sofort ihren Chef und sie nahmen mich raus. Drei Stunden später tranken wir zusammen Kaffee und lachten. Die Beerdigung wurde abgesagt und ich konnte wieder nachhause, aber wohin?
Dieser beschissene Petrus hatte mich wieder zur Erde gesendet, dabei waren dort oben so viele hübsche Blondinen, als Engel verkleidet, dass mir das Wasser im Mund zusammenlief. Dann landete ich wieder beim Sozialamt, suchte

eine Wohnung und alles ging von vorn los, wie vorher. Nun, ich war inzwischen abgemeldet und Tote brauchen keine Wohnung. Oder? Es wäre mir lieber gewesen mit diesem Scheißleben aufzuhören, finito. Aber nicht mal Petrus wollte mich haben. Und wie konnte ich den Leuten erklären, dass ich gestorben war und plötzlich wieder auf der Erde? Das konnte kein Mensch glauben! Ein Beamter sowieso nicht. Nachdem ich eine Bleibe gefunden hatte, war die einzige Sache, die ich täglich machte, das Malen. Ich hatte schon über 500 Bilder gemalt, alle mit dem gleichen Motiv, Vogelscheuchen. Eines Tages kam bei mir zufällig ein Maler vorbei, er sah meine Bilder und war total begeistert. Der Mann war selbst Maler, aber arbeitete nebenbei für die Stadtverwaltung. Er ging von Haus zu Haus, um die Wasseruhren abzulesen. Und so landete er in meinem Wohnzimmer.

"Sind das deine Bilder?", fragte der Herr, der nach Alkohol roch.

"Ja," antwortete ich, "wollen Sie was anschauen?"

Und so zeigte ich ihm meine Bilder, er staunte und sagte.

"Toll, wirklich toll."

Ich hatte gar nichts im Haus, keinen Tee, keinen Kaffee, nichts, es war Ende des Monats.

"Leider kann ich Ihnen nicht anbieten, Herr Salvatore, ich habe im Moment nichts im Haus, außer Farben und Pinsel. Den letzten Apfel und eine Banane habe ich vor zwei Tagen gegessen."

"Wollen wir was trinken gehen? Ich kenne hier um die Ecke ein schönes Café. Kommen Sie, ich lade Sie ein. Sie können dort auch was essen."

"Gern, ja, trinken wir einen Kaffee zusammen."

Wir saßen stundenlang in einem Künstler-Café, Salvatore war dort bekannt und hatte viele Freunde, vor allem Freundinnen. Uno perfetto Casanova. Das war mein erster guter Freund, nach so vielen Jahren totaler Einsamkeit, seit der Vogelscheuchen-Geschichte im Feld. Ich war lange allein, ohne Frau und Freunde. Ich bin immer um 19 oder 20 Uhr ins Bett gegangen und schon um zwei oder drei Uhr nachts aufgestanden, um zu malen. Sobald ich keine Rahmen und Farbe mehr hatte, ging ich zum Flaschensammeln, um Malmaterial kaufen zu können. Über 500 Bilder waren in meiner Wohnung und ich lebte von Whiskas Dosen. Meine Nachbarin Britta hatte eine Katze. Im Keller gab es oft über 100 Dosen Whiskas, von jede Sorte ein paar Dutzend, alles sorgfältig gelagert, falls die Welt untergehen würde. Sie arbeitete in einem Supermarkt und nahm die Katzenfutterdosen mit nachhause. Ich bereitete beispielsweise Whiskas mit Tomatensoße zu, mit Spaghetti, mit Kopfsalat. Manchmal machte ich daraus Frikadellen, die sehr lecker sind und lud ab und an meine Nachbarin zum Essen ein. Sie bemerkte nie, dass dies ihr Dosenfutter war. Sie wunderte sich nur, dass ihr Kater soviel aß und nie dick wurde. Ja, ich habe vergessen zu sagen, dass ich mich immer um ihre Katze kümmerte. Sie war fast nie da, dann konnte ich soviele Dosen nehmen, wie ich wollte. Der Kater, sagte ich, würde pro Tag mindestens sechs Dosen leerfressen, tatsächlich hat der Arme nur eine Dose bekommen und war davon völlig satt, aber ich bediente mich reichlich an dem Futter. Es hat gut geschmeckt, und war kostenlos. Wenn ich noch nicht tot bin, dann lebe ich noch glücklich für immer.

Na, mit meinem Freund, dem Maler ist ein wunderbare Freundschaft entstanden. Er war von meiner Arbeit begeistert, obwohl dies nur Vogelscheuchen waren. Es dauerte nicht lange, dann konnte er bei einer großen Bank in der Stadt eine Ausstellung für mich organisieren. Wir präsentierten 150 Bilder, nach drei Monaten waren alle verkauft,

lauter Vogelscheuchenbilder. Ich konnte nicht begreifen, dass die Leute so blöd waren Bilder von mir zu kaufen, alle mit dem gleichen Motiv. Mit der Zeit nannten sie mich ein Genie. Die Bilder haben wir zu sehr guten Preisen verkauft. Plötzlich hatte ich genug Geld um Urlaub zu machen, aber wohin? Das wollte ich auch nicht! Ich war glücklich mit meinem Katzenfutter und mit meinem Maler-Freund. Ich arbeitete weiter an meinen Bildern, verkaufte viele und versteckte das Geld unter meiner Matratze. Kein Sparbuch, kein Konto bei der Bank, oder sonstwas. Alles bar, denn nur Bares ist Wahres. Dann folgten andere Austellungen und immer mehr Geld. Mein Freund war ein sehr guter Manager, er kassierte 30 Prozent, der Rest blieb für mich. Ich hatte mit der Zeit soviel Geld, dass ich irgendwas damit machen musste. Zum Glück oder Unglück starb meine Oma noch und ich war der einzige Erbe. Zu meiner Überraschung erbte ich sehr viel Geld und Immobilien. Soviel, dass ich ein schönes Schloss kaufen könnte, wenn ich wollte. Aber das wollte ich gar nicht. Ich war so zufrieden. Ohne Lebensversicherung, ohne Konto, Internet und Sparbuch. Eine Frau habe ich nicht mehr und ich kann mich selbst versorgen. Nun frage ich mich. Was soll ich mit soviel Geld machen? Es waren über zwei Millionen Euro von meiner Oma und noch die Immobilien.
Dafür habe ich absolut keine Zeit gehabt. Ich war früher Bankangestellter und habe ein bisschen vom Geldanlegen verstanden. Allein vom Verkauf meiner Bilder konnte ich schon sehr gut leben. Jetzt noch dieses Vermögen, wohin damit? Ich blieb weiterhin beim Sozialamt gemeldet und bekam viel Ärger mit dem Notar meiner Oma, weil der alles unter Dach und Fach bringen wollte. Ich sagte ihm.
"Meine Oma kann doch warten, sie ist gestorben und nicht ich, ich wollte das Geld nicht haben."

Eines Tages kam meine Nachbarin zu mir und ich bemerkte, dass sie eigentlich sehr gut aussah. Dann fragte ich sie einfach.

"Hör mal, wir kennen uns schon so lange. Wollen wir nicht heiraten? Deine Katze braucht einen Vater, oder?" Sie schaute mich an, machte einen Sprung und ging weg. Das habe ich gar nicht kapiert und auch nicht erwartet. Komisch, oder? Frauen sind manchmal sehr merkwüdig. Alle wollen heiraten und wenn man sie fragt, sagen sie nein und laufen weg. Die Menschen sagen oft nichts, und wenn sie was sagen, sagen sie nicht, was sie denken. Drei Tage später zog sie aus. Da waren meine Whiskas Dosen auch weg. Kostenlos konnte ich nicht mehr essen. Was soll es, ich würde welche kaufen müssen. Aber drei Monate später kam sie eines Tages wieder und brachte mir ihre Katze. Sie musste dringend nach Spanien, da eine Tante im Sterben lag.

"Nach Spanien? Ich komme mit."

"Wohin kommst du mit?", fragte sie erschrocken.

"Und meine Katze? Wohin damit? Bist du verrückt geworden?"

"Mach dir keine Sorgen, Salvatore, mein guter Freund, der Maler, kümmert sich schon um deinen Kater."

"Aber, hast du Geld für den Flug? Ich bin pleite, ich kann kaum meinen Flug bezahlen."

"Mach dir keine Sorgen, ich werde das Geld von Salvatore leihen und gebe es irgendwann wieder zurück, oder auch nicht. Weißt du, das Malen ist ein sehr teurer Job und auch ein Hobby, die Farben, die Pinsel und die Rahmen, das kostet alles sehr viel Geld. Ich bin pleite, aber ich bekomme es schon zusammen. Hast du eine Kreditkarte, ein Konto?"

"Ja, aber warum? Komm nicht mit diesem Trick 17 zu mir, ich bin nicht gestern geboren. Darauf fliege ich nicht rein. Ich habe das schon eimal mitgemacht, basta, finito."

"Das ist so, ich habe gar kein Konto, seit Jahren nicht mehr. Und ich möchte kein Bargeld mitnchmen, ich lebe vom Sozialamt, wie du weißt. Am Flughafen könnten die Zollbeamten mich kontrollieren und das Geld wegnehmen. Wenn Salavatore mir Geld gibt, werde ich es auf dein Konto überweisen, du kannst mein Ticket sowie den Flug damit bezahlen. Was brauchen wir für ein paar Tage in Spanien?"

"Ich schätze 1000 Euro wirst du schon brauchen. Ich sage dir schon ganz klar, dort werde ich für dich nichts zahlen. Keine Ahnung, ob wir bei meiner Tante wohnen dürfen, ich habe sie glaube ich zum letzten Mal gesehen, als ich fünf Jahre alt war. Keine Ahnung wie sie ist. Ich kann für dich gar nichts zahlen, ist das klar?"

"In Ordnung, wenn das so ist, dann gehe ich sofort zu meinem Freund Salvatore, er hat immer genug Schwarzgeld daheim. Er macht alles schwarz, weißt du? Tausend oder zweitausend Euro sind für ihn gar kein Geld, nicht der Rede wert. Er wird mir was geben. Gib mir deine Konto-Nummer, okay? Wenn ich etwas bekomme, dann überweise ich es dir heute noch."

Als Britta, also meine Exnachbarin, Exbraut, Exhoffnung weg ging, schob ich meine Matratze hoch und fing an mein Geld zu zählen, es waren 30.000 Euro in Bar. Ich nahm 20.000 und zahlte sie ein. In ein paar Minuten war das Geld auf Brittas Konto, ich informierte sie darüber. Sie hatte Onlinebanking und sah sofort den Geldeingang.

"Bist du verrückt?", sagte sie zu mir, "woher hast du 20.000 Euro?"

"Nein, Britta, das muss ein Irrtum sein, ich habe nur 2000 von Salvatore geliehen und eingezahlt. Der Typ von der Bank hat vielleicht eine Null zuviel geschrieben, lassen wir es so. Das war nicht mein Fehler, oder?"

Ich war froh einen Teil meines Geldes loszuwerden. Am

Abend flogen wir nach Spanien. In Madrid wurden wir von einem Privatchauffeur abgeholt und es stellte sich heraus, dass die Tante eine Millionärin war und Britta die einzige Erbin. Es war genauso eine Überraschung wie bei mir und meiner Oma. Als wir zu der Dame kamen, lag ein Scheck über 100.000 Euro für Britta auf dem Tisch. Die Tante sagte, das wäre für unseren Aufenthalt in Spanien, wir sollten das Leben genießen. Das taten wir. Die Tante zeigte uns viele Papiere und erklärte Britta alles zu der Erbschaft, meine Ex-Nachbarin verstand nur Bahnhof. Es war alles vorbereitet und die Tante meinte:

"Schön, dass du da bist, mein Kind, jetzt kann ich in Ruhe sterben. Es kann sein, dass ich morgen schon tot bin, oder noch 10 Jahre lebe, aber was ich heute erledigen kann, das mache ich. Danach werde ich keine Lust oder Zeit mehr dafür haben. Wer weiß schon was im Himmel auf mich wartet, nicht wahr?"

Nun, dachte ich, es sieht nicht so aus, als wenn sie bald stirbt, die Frau war sehr lebendig, sie machte Scherze mit Britta, dachten wir. In Brittas Augen war ich nicht mehr als ein Maler und so arm wie ein Bettler, ich war nur eine Vogelscheuche, ein Mann der nichts hatte, außer seinen Bildern und seiner Farbe. Über meine Millionen wusste sie gar nichts und würde auch nie etwas davon mitbekommen. Ja, ich war ein Millionär und Britta die Whiskas-Königin war eine Supermarkt-Kassiererin, die ab sofort Millionen besaß. Finanzielle Sorgen hatten wir nicht mehr. Es war mir recht, dass sie dachte, ich sei ein armer Schlucker. Aber ich war von Tag zu Tag mehr überzeugt davon sie zu lieben. Nun, es sollte alles so bleiben wie es war. Ich war nur der Aufpasser ihres Katers, mehr nicht. Am Abend gingen wir zum Theater und schauten die Carmina Burana von Karl Orff an, danach aßen wir im besten Restaurant von Madrid. Ihre

Tante blätterte einfach so 1780 Euro für ein Abendessen hin, plus 100 Euro Trinkgeld. Bevor der Abend verklang fragte die Tante, ob wir verheiratet wären. Britta antwortete ohne zu zögern.

"Nein, liebe Tante, das ist meine Vogelscheuche, der ist ein berühmter Maler, wir sind verlobt, aber wir werden bald heiraten, am liebsten hier in Madrid, bei dir."

Als ich das hörte, war ich wirklich baff, Britta war eine hübsche Frau, mindestens 25 Jahre jünger als ich. Wir hatten uns niemals geküsst und niemals über unsere Gefühle geredet. Jetzt waren wir angeblich schon verlobt und kurz vor der Hochzeit. Klar, ich hatte schon vor ein paar Monaten gefragt, ob sie mich heiraten wollte, aber sie ging einfach weg, ohne Antwort. Plötzlich sagte sie ja, wir wollen heiraten! Das musste Liebe sein, denn angeblich war ich nur eine arme Vogelscheuche, ein armer Mann. Sie war jetzt eine reiche Frau, die vorher Katzenfutter im Supermarkt klaute.

Wie das Leben so spielt... Wir bestellten die Papiere und nach drei Monaten gab es in Madrid die pompöseste Hochzeit der Stadt. Sogar die Monarchie sollte anwesend sein. Ich machte mir keine Gedanken darüber, ich merkte nur, dass sehr viele teure Autos vor der Tür standen, mit Privatchauffeuren und Bodygards. Die Tante war überglücklich wegen unserer Hochzeit, aber zwei Wochen später starb die liebe Dame an Darmkrebs. Nach der Beerdigung flogen wir nach Deutschland zurück. Plötzlich saßen wir wieder in meiner kleinen Wohnung zusammen und aßen Katzenfutter, ich konnte nichts anders kochen. Meine Wohnung bezahlte immer noch das Sozialamt. Ich bereitete das Abendessen vor, Britta war beschäftigt mit den vielen Papieren und Aktien, von denen sie keine Ahnung hatte. Aber ich wollte mich nicht einmischen, sie wusste nicht, dass ich vorher bei der Bank beschäftigt war und auch Vermögensberater, das gehörte zu meinem früheren Leben. Aber in meinem neuen Leben war ich nur ein Maler, eine Vogelscheuche und sehr glücklich.

"Britta, das Essen ist fertig".

Ich rief meine Frau, sie kam und ich war überzeugt, dass ich sie wirklich liebe. Britta gab mir einen Kuss und dann fingen wir an zu essen. Hinterher fragte sie, was das gewesen sei, es habe sehr gut geschmeckt. Ich antwortete ganz ungeniert:

"Das war das Rinderfilet von Whiskas."

"Das war ausgezeichnet, du bist in der Küche wirklich ein großer Meister. Aber was ist das für eine Sorte Essen?"

Ich stand auf, holte die Dose und zeigte Britta die Luxussorten. Sie konnte es nicht fassen und wollte alles ausspucken. Bei dieser Gelegenheit erzählte ich meiner Frau, dass ich viele Jahre von dem Katzenfutter lebte. Sie konnte es nicht glauben. Es müsste doch etwas Gesundes darin stecken, meinte sie. Ich sah zumindest immer gesund aus und musste nie zum Arzt. Ist die Katze gesund, dann freut sich der Mensch, oder so ähnlich. Darüber lachten wir den ganzen Abend.

Aber eine Sorge hatte ich noch. Ich wusste wirklich nicht, wohin ich mit dem Geld meiner Oma sollte. Der Notar ging mir schon auf den Keks, jeden Tag rief er an, schickte mir seine Mitarbeiter mit tausend Papieren. Ich wollte nur meine Ruhe haben. Die paar Millionen waren für mich im Moment gar nicht wichtig. Der Anwalt war wirklich sehr verärgert, weil das Geld jahrelang auf einem Konto lag und ich keinen Cent davon ausgab. Er musste und wollte es an mich weiterleiten und betonte, sowas hätte er noch nie erlebt. Ich überlegte oft, ihm das Geld zu schenken, aber meine Oma wäre damit bestimmt nicht einverstanden gewesen. Am Morgen als Britta schon weg war rief ich meinen Notar an, erzählte

ihm, dass ich in Spanien war und jetzt verheiratet sei. Er sollte das Geld aufs Konto meiner Frau überweisen, wie viel es war wusste ich nicht. Die Quittung sollte er in den Mülleimer werfen. Später rief Britta mich an und fragte, woher ich soviel Geld hätte. Plötzlich waren 2 Millionen und sechhunderttausend Euro auf ihrem Konto und der Auftrag trage meinen Namen. Zu Britta sagte ich einfach:
"Das ist wieder ein Fehler unserer Bank, ich habe eigentlich nur 2600 Euro überwiesen. Das Geld stammt von einem Bild, das ich heute verkauft habe. Schon wieder ein Fehler von dem Banktypen, das macht nichts, wir behalten dass Geld. Bis die es merken, sind die paar Millionen weg. Pech gehabt. Ich habe einige Bilder verkauft und wollte meine Schulden bei dir bezahlen, immerhin hast du unsere ganze Hochzeitsfeier bezahlt. Mach dir keine Sorgen, verhungern werden wir nicht, es ist genug Katzenfutter da."
Wir lachten und stellten fest, dass wir zusammen über vier Millionen Euro auf der Bank hatten.
"Schade", sagte ich zu Britta.
"Warum?", fragte Britta besorgt.
"Warum? Weil ich von dir kein Dosenfutter mehr bekommen werde. Wie soll ich leben?"
Ich war mit Britta wirklich sehr glücklich, so jemanden hatte ich mir immer gewünscht. Schade, dass ich schon zu alt war um nochmal Kinder in die Welt zu setzen, schließlich wollte ich ein Vater sein und nicht ein Großvater. Eines abends fuhren wir zu meiner Vogelscheuche, sie stand da so fröhlich wie noch nie, wollte wissen, ob bei mir alles in Ordnung sei, ich sagte:
"Ja mein Freund, bestens."
"Bist du immer noch oder manchmal eine Vogelscheuche, wie ich?"
"Ja klar, mein lieber Freund, wir sind Brüder, ich habe ein

Geschenk für dich." Dann nahm ich einen nagelneuen schwarzen Boss-Anzug und zeigte ihn der Vogelscheuche.
"Oh, der sieht aber sehr gut aus, willst du heiraten, ist das dafür gedacht?"
"Nein, mein Freund, ich bin schon verheiratet, das ist für dich, nur für dich, wollen wir probieren, ob er dir passt?"
"Das ist aber lieb von dir, schon lange habe ich mir sowas gewünscht, ich bin überglücklich. Danke, tausendmal Dank."
Der Anzug passte haargenau und wir blieben bis in die Nacht. Der Mond war sehr schön, die Vogelscheuche war überglücklich. Wir kamen morgens nachhause und Britta fuhr gleich zur Arbeit. Sie führte ihr Leben so fort wie früher. Sie war die beste Supermarktkassiererin der Stadt, half immer den kranken und armen Leuten beim Einkauf und war glücklich mit ihrer Aufgabe. Keiner wusste, dass an der Kasse eine Millionärin saß, und dass ihr Ehemann eine Vogelscheuche war. Ich blieb in meiner kleinen Wohnung und mein Maler-Freund kam manchmal, brachte Geld von meinen verkauften Bildern. Ich malte jeden Tag, davon konnten wir sehr gut leben. Ich war mit Britta glücklich verheiratet, aber wir lebten nie zusammen, ich war bei meinen Bildern und sie bei ihrer Katze. Nie hatte ich gedacht so eine Frau finden zu können. Die Zeit ging schnell vorbei, eines Tages, nach dem Essen von verdorbenem Fisch, stand ich wieder bei Petrus und er begrüßte mich mit:
"Na, du schon wieder hier? Es ist noch viel zu früh für dich, geh weg, ich habe genug zu tun. Komm in 20 Jahren wieder. Mach, dass du wegkommst, hier ist kein Platz für eine Vogelscheuche wie dich."
So wurde ich wieder zur Erde gesandt. Ich kam zurück, kurz bevor der Sarg in die Grube ging. Da fing ich an mich zu wehren und der Bestatter konnte nicht fassen, was da geschah. Er sagte:

"Der ist nicht totzukriegen."

In seinem ganzen Geschäftsleben hatte er nie sowas erlebt. Der Sarg ging auf, ich sprang raus und fing an zu tanzen und zu singen. Britta bekam fast einen Herzinfarkt und freute sich sehr. In Alter von 86 Jahren wurde ich doch noch dreimal Vater. Und wenn ich noch nicht gestorben bin, dann lebe ich immer und ewig sehr glücklich mit Britta, fresse jeden Tag mit unseren Kindern Whiskas. Es schmeckt mir immer noch, aber der Kater von Britta ist schon lange tot.

Ja, meine liebe Vogelscheuche, niemals aufgeben! Das habe ich von dir gelernt. Leb wohl, mein Freund, eines Tages werden wir uns bestimmt wiedersehen. Leb wohl, lass die Vögel fliegen, die haben viel zu erzählen. Leb wohl ... Wir sind alle Vogelscheuchen des Lebens.

03 Der Vogel

Ein Vogel kennt
Viele Wege am Horizont.
Er kommt immer wieder zurück
Dorthin, wo er geboren ist.
Wir dagegen verlieren uns,
Wir verzetteln uns
Und suchen einen Ausweg,
Anstatt den Weg
Zu uns selbst zu finden.

04 *Vöglein, Vöglein*

Vor meinem Arbeitsfenster, dort, wo mein Computer stand, konnte ich jahrelang einen schwarzen Vogel beobachten, der immer wieder kam. Er baute im Frühling ein Nest an meinem Fenster, später kümmerte er sich um seine Kleinen. Er verteidigte sie sogar gegen einen bösen schwarzen Kater, der immer auf der Lauer lag und jede Situation ausnutzte, um ihnen näher zu kommen. Es war nicht einfach für die Mama, sie musste weit fortfliegen, um Nahrung für die Familie zu finden. Gleichzeitig war es wichtig, die Kleinen vor den Krallen des bösen Katers zu schützen. Was für ein Leben und eine Aufgabe!

Im Jahr 2006 ging unser Frühling sehr schnell vorbei, die Vogelkinder waren schon groß und konnten im Frühsommer das Nest verlassen. Die Vogelmama behielt ihren Wohnsitz im Baum, bis der Winter kam. Ich hätte gern gefragt, wohin sie immer vor dem Winter fliegt. Vielleicht hätte ich mitkommen können, aber unsere Kommunikation war nicht gut, wir sprachen zwei verschiedene Sprachen. Sie war immer schnell weg und ich wahrte Abstand, um sie nicht zu erschrecken. Trotzdem wir eigentlich gute Freunde waren, hielten wir immer Distanz und hatten Respekt. Jeder von uns blieb in seiner Ecke und kümmerte sich um sein Leben. Der Himmel war, wie üblich in Westfalen, oft bedeckt. Aber bei jeder Gelegenheit flog die Vogelmama schnell gen Himmel und holte die schönsten Wolken ans Fenster. Unser Garten war voller Blumen und Wolken. Doch eines Tages mussten die Gasleitungen erneuert werden und deshalb musste die kleine Tanne aus dem Boden genommen werden. Sie war bislang das Haus für unsere lieben Vöglein, deshalb wollten wir sie auch nicht beschneiden sondern umpflan-

zen. Vorsichtig legten wir die Tanne auf den Boden und begossen täglich die Wurzeln, bis wieder Platz zum Einpflanzen war. Unsere Vögel fragten sich bestimmt, warum ihr Haus plötzlich auf dem Boden lag. Da die Arbeit an den Gasleitungen schnell erledigt war, konnte der Baum bald wieder eingesetzt werden. Einige Tage später gab es unerwartet Starkregen und unser Keller war überschwemmt, endlich hatten wir einen eigenen Swimming-Pool im Haus. Der Traum jedes Kindes und der Alptraum von Eltern. Ich dachte, dass die Arbeiter die Wasseranschlussleitung beschädigt hätten, deshalb kamen sie zur Kontrolle. Also musste der Baum wieder entfernt werden. Kein Spaß für ihn. Noch einmal wurde ein tiefes Loch gegraben, Fotos als Beweismaterial gemacht und die Techniker bestätigten, dass alles in Ordnung sei. Keiner wollte das Risiko eingehen, für erneutes Wasser verantwortlich gemacht zu werden. Es tat mir leid, dass die Tanne zweimal ihren Standort verlassen musste, ein schwieriger Eingriff in die Natur. Aber was sein muss, muss sein. Unser kleiner Freund hatte kein Verständnis dafür. Er flog immer vorbei, piepste laut und deutlich, als wenn er schimpfen würde. Ich dachte, bestimmt will er sagen:
"Macht, dass ihr wegkommt, dies ist mein Wohnhaus seit vielen Jahren, da sind viele meiner Kinder auf die Welt gekommen, ihr macht alles kaputt! Habt ihr nichts anderes zu tun, ihr Penner? Wenn ihr nicht geht, rufe ich die Polizei."
Sogar die Vögel rufen hier nach der Polizei, wenn es Probleme gibt. Das liegt in der Natur der Sache.
Das Wasserproblem war bald beseitigt, das Wasser konnte langsam abfließen, aber die kleine Tanne verkraftete das Hin und Her nicht. Sie lag zu lange in der Hitze und einige wichtige Wurzeln wurden beschädigt. Das könnte zum Herzinfarkt führen, wie ich dachte. Keiner überlebt sowas. Nach

ein paar Wochen wurden die Nadeln blass und fielen auf den Boden, so musste ich einen Trauermarsch für sie blasen. Mein Vogelfreund blieb ohne Haus, flog aber bald gen Süden. Neben der abgestorbenen Tanne wuchs schnell eine weitere, vielleicht ihre Tochter! Schon bald beherbergte sie Vögel. Nach einigen Jahren baute meine Vogelfreundin wieder ihr Nest und zog ihre Kleinen vor unserem Fenster auf. Was für eine Freude!

"Friede sei mit euch," denkt sie bestimmt, wenn sie hier fliegt. Ich vermute sogar, dass sie andere Vögel verjagt hat, um wieder bei uns sein zu können. Nun, wir wollen uns in ihr Privatleben nicht einmischen, das ist Vogelsache, nicht wahr? Ist das nicht schön? Sie hat nicht aufgegeben, auch wenn sie die Situation nicht verstand. Sind wir Menschen auch so? Nicht immer, oder? Unser Vöglein hatte sein Haus verloren, musste umziehen und jeden Winter wegfliegen, ohne zu wissen, ob es heil wieder nachhause kommen würde. Der "Vogelhaus-Baum" ist inzwischen groß, was mich froh macht. Wir sind sozusagen wie eine große Familie geworden und jeder hat seinen Vogel.

Also meine lieben Freunde, fliegt immer weiter, der Winter des Lebens kommt und geht, alle Probleme ebenso. Baut eure Nester, vertraut Gott und der Natur. Wer Schutz sucht, wird ihn bei Gott finden. Niemals aufgeben und immer weiterfliegen, voller Vertrauen, gen Himmel, unter oder über die Wolken und rund um die Erde, egal wohin. Du bist in Freiheit geboren, aber solange du zu sehr an deinem Besitz hängst, wirst du dich nicht von Zwängen befreien können. Auf dieser Welt gehört uns gar nichts, kein kleiner Baum, mit unserem Nest, das mit soviel Liebe gebaut wurde. Wir hoffen nur, dass der Winter nicht eines Tages alles auf dem Boden verstreut. So frei wie ein Vogel sollten wir immer sein, nie aufgeben und immer bereit sein zu fliegen.

05 *Besserwisser*

Einmal traf ich in Osnabrück
Eine angeblich feine Dame,
Die sehr von sich
Eingenommen war.
Wie schon Goethe sagte:
"Wer angibt, hat mehr vom Leben."
Die Dame versuchte über Literatur,
Über Theater und Malerei zu reden
Aber alles oberflächlich,
Ohne tiefere Kenntnisse.
Sie plapperte wie ein Papagei,
Ich habe geduldig zugehört,
Dann wollte sie sich sehr genau
Über eines meiner Gedichte äußern.
Sie kam mit böser Kritik
An meinen Texten.
Das machte mir gar nichts aus,
Aber ich war nicht allein
Und es war wirklich fehl am Platz.
Ich habe sie genau angeschaut,
Habe geduldig zugehört
Und bemerkte, dass die Dame wirklich
Von nichts eine Ahnung hatte.
Ein Freund von mir,
Der seine Meinung nicht verhehlte,
Sprach die Frau in scharfem Ton an.
So verlor die Dame gleich
Ihre Feine-Damen-Haltung.
Er sprach klar und deutlich zu ihr:
"Meine Dame, was der Mann hier

Neben Ihnen schon gelesen
Oder geschrieben hat,
Passt weder in Ihren Kofferraum,
Noch in Ihren kleinen Kopf.
Sie verwechseln Äpfel mit Bananen
Und von der Welt
Haben Sie keine Ahnung.
Die Abendschule hat Ihnen
Nicht besonders viel beigebracht.
Aber Sie tun so, als würden Sie vieles wissen,
Das machen Sie sehr gut,
Ich gratuliere Ihnen, meine Dame.
Aber bitte nicht hier bei uns.
Am besten
Landen Sie auf einem anderen Flugplatz,
Hier ist kein Platz für soviel Dummheit,
Haben Sie mich verstanden?
Oder soll ich alles noch einmal
Auf Esperanto sagen?"
Ich wollte mich in die Sache nicht einmischen,
Die beiden waren alt genug
um miteinander klarzukommen.
Aber ich dachte mir:
"Manchmal ist es wirklich besser
Die Schnauze zu halten".

06 *Der Pferdemann*

Dieser Mann war bekannt in der Stadt, wegen seiner grausamen Art mit den Pferden umzugehen. Er war etwa zwei Meter groß, trug einen dunklen Vollbart und arbeitete als Pferdekutscher. Damals in dem kleinen brasilianischen Ort Mogi das Cruzes, waren die Pferde quasi Taxen auf zwei Rädern. Sie mussten am Bahnhof bis zu 12 Stunden am Tag ausharren und selbst am Abend brachten sie noch viele Kilometer hinter sich, bis sie schließlich müde und völlig erschöpft zu Hause ankamen. Einer dieser Pferdehalter war unser Nachbar, den ich nur aus weiter Entfernung kannte. Wir machten immer einen großen Bogen um ihn, um den Herrn "Pferdemann". Er sah aus wie ein Gladiator, alle Kinder fürchteten sich gewaltig vor ihm. Ich war einer von denen, die eine Mordsangst vor ihm hatten. Sobald meine Eltern ihn auch nur erwähnten, konnte ich nachts gar nicht mehr schlafen. Ja, bei uns war er bekannt als Pferdemann. Er hatte seine eigenen Pferde missbraucht und geschlagen. Jeden Abend mussten die Pferde, um wieder zurück nach Hause zu gelangen, mit sehr schwerer Karosse den Berg hochlaufen. Die armen Tiere schafften es oft nicht mehr nach oben zu gelangen. Anstatt seinen Pferden zu Hilfe zu eilen, schrie der Pferdemann seine Tiere nur an und schlug auf sie ein, bis sie dann mühevoll den Berg erklommen. Mein Vater sah das nicht gerne, wollte aber nichts dagegen sagen oder gar eingreifen. Die Menschen damals waren sehr empfindlich und wenn mein Papa etwas erwähnt hätte, wäre es womöglich zu Streitereien gekommen, die in einem offenen Kampf mit Messern geendet hätten. Eigentlich war mein Vater ein sehr explosiver Mensch, er hatte aber schon fünf kleine Kinder und deshalb wollte er lieber von diesem Mann

Abstand halten. Tag für Tag veranstaltete der Pferdemann ein Riesentheater vor unserem Haus, als er mit seinen Pferden von der Stadt zurück nach Hause kam. Eines Tages war gerade mein Onkel bei uns, als der Pferdemann wie jeden Tag anfing, seine Pferde zu schlagen und anzuschreien, was mein Onkel nicht ertragen konnte. „Was ist das?," fragte Onkel Zé, als er die Pferde voller Panik wiehern und schnauben hörte. „Das ist dieser Pferdemann, irgendwann bringt er seine Pferde noch um!", rief meine Mutter, die immer nervöser wurde, da sie ihren Bruder sehr gut kannte und genau wusste, dass er Ungerechtigkeiten nicht ertragen konnte, vor allem gegenüber Tieren. „Onkel, das macht er fast jeden Tag hier bei uns, " rief ich sehr aufgeregt. „Die armen Pferde kommen völlig erschöpft zurück und müssen dann noch so was erleben! Ich bin davon überzeugt, dass irgendwann noch ein Pferd hier vor unserem Haus stirbt. Onkel, wollen wir mit ihm schimpfen? Sollen wir ihm eins auf die Eier verpassen?" Meine Mutter schimpfte mit mir, weil ich so sprach, aber so hatten wir in der Schule unter uns immer geredet und mein Onkel hatte auch nicht gerade vom Silberlöffel gegessen. Als ich das sagte, lachte er laut. Nun, die Sache mit dem Pferd passte ihm allerdings gar nicht. „Das darf nicht wahr sein", sagte mein Onkel sehr ernst. „Ich gehe mal zu ihm hin, das ist eine einzige Tierquälerei, ich kann das nicht mit ansehen. Er wird heute was von mir zu hören bekommen." „Nein Zé, lass das gefälligst sein, er ist kein guter Mensch, er ist immer bewaffnet, du bekommst nur Ärger! Das sind seine Pferde, dafür hat er bezahlt und wir können nichts dagegen tun", erwiderte meine Mutter und wollte ihn von seinem Vorhaben abhalten. Mein guter Onkel war schon ein paar Mal vorbestraft, der kannte schon alle Polizeireviere und den Knast der Stadt auswendig.

Mein Großvater hatte ihn mit zwei Jahren adoptiert, weil

dessen Mutter ihn schon sehr früh geschlagen hatte, ihn zu Hause ließ, während sie sich bis spät in die Nacht hinein beim Tanzen vergnügte. Das kleine Kind blieb alleine und schrie die ganze Nacht über. Also, das konnten mein Großvater und meine Großmutter damals nicht mehr mit ansehen und adoptieren das Kind. Die Mutter hatte für sich und für die ganze Stadt genug getrunken. Zé, wie wir ihn nannten, war ein sehr freundlicher Junge, aber schon früh bekam er Ärger mit der Polizei. Es kam in Bars in der Stadt immer wieder zu Streitereien. Mit Diebstahl und anderen Delikten fing er schon sehr früh an. Aber solche Ungerechtigkeiten, wie mit dem Pferdemann, der mit seinen Pferden schlecht umging, das konnte er nicht ertragen, musste sich deshalb sofort einmischen. Es war klar, dass dies selbstverständlich sofort mit Ärger verbunden war. Mein Onkel hatte immer wieder betont: „Ich bin der Robin Hood von Mogi das Cruzes, ich sorge für die Gerechtigkeit bei den armen und unterdrückten Menschen in unserer Stadt." Das war er – ein sehr guter Mensch mit gutem Herzen und Gerechtigkeitssinn, aber manchmal naiv. Also, mein Onkel ging raus. Er war kräftig gebaut und konnte gut kämpfen, aber der Pferdemann war auch ein Typ, der bei der Polizei nicht unbekannt war. Der Mann hatte ausgerechnet an diesem Tag wirklich denkbar schlechte Laune, schrie sehr laut und schlug ohne Gnade auf die Pferde ein. Mein Onkel bekam vielleicht eine Wut! Er rannte dem Mann hinterher, sprang auf seine Karosse und warf ihn schnurstracks auf den Boden. Er konnte nicht fassen, was er da gesehen hatte! Bei uns hatte der Pferdemann schon etwas zu sagen gehabt, aber nun hatte er jemanden getroffen, der seinen Mund nicht halten konnte, das war eben mein Onkel. Der Mann knallte auf den Boden wie eine reife Wassermelone. Mein Onkel stieg aus der Karosse und schrie nach Wasser für die Pferde.

„Bringt schnell Wasser für die Pferde, die brauchen dringend welches, sonst verdursten sie bald!" Da kamen wir sofort mit zwei Eimern voller Wasser und beide Pferde haben alles leer getrunken. Sie haben es dann wohl genossen, dass der Pferdemann auf dem Boden lag und sich kaum bewegen konnte. Ich hatte den Eindruck, die Pferde lachten sogar. Der Mann benötigte viel Zeit, um wieder hochzukommen, sein Kopf blutete, aber kein Mensch kümmerte sich um ihn oder empfand gar Mitleid. Er konnte kaum laufen, ihm tat alles weh. Mein Onkel schrie ihn an: „Du bist ein Esel, du bist eine Bestie, du bist ein richtiges Monster, das bist du! Du hast kein Recht, so mit diesen armen Tieren umzugehen, ab heute ist Schluss damit! Wenn du hier vorbeikommst und deine Pferde schaffen den Berg nicht mehr hoch, dann hast du gefälligst auszusteigen und den Pferden zu helfen, anstatt sie zu schlagen, ist das klar?" Aber der Pferdemann war voller Hass und konnte kaum hören, was mein Onkel sagte. Mit letzter Kraft und voller Zorn holte er gegen meinen Onkel aus, doch mein Onkel war nicht von gestern und hatte schon so eine Reaktion erwartet. In dem Moment drehte mein Onkel sich um, sprang in die Luft und traf den Pferdemann präzise mit beiden Füßen auf seine Brust. Da lag nun der Pferdemann wieder am Boden und alle lachten über ihn. Doch er wollte nicht aufgeben, sprang wieder auf und eilte schnell zu seiner Karosse, um was zu holen. Plötzlich kam er mit einem Messer zurück. Die Kinder und Erwachsenen fingen an zu zittern. Gerade in diesem Augenblick hatte mein Onkel nicht genau aufgepasst, weil er mit den Pferden beschäftigt war. Als ich sah, wie der Mann plötzlich mit einem Messer meinem Onkel entgegen ging, schrie ich so laut wie ich nur konnte, wie eine wilde Gans: „Onkel, aufpassen, da, hinter dir! Aufpassen, Onkel!" Damit rettete ich wohl das Leben meines Onkels Zé. Er war wirklich ein guter

Kämpfer, ohne Zögern packte er den Mann an den Armen, vollzog schnell ein paar Luftdrehungen und das Messer fiel zu Boden. Mein Onkel hob es auf und warf das Mordobjekt blitzschnell gegen unsere Haustür, wo es wie ein Pfeil stecken blieb. Es war wie im Wilden Westen bei Cowboys und Indianern.

Ich war mächtig stolz auf meinen Onkel, so wollte ich später auch einmal kämpfen können, dabei hatte Onkel Zé niemals eine Karate-, Kung-Fu- oder Tae-Kwon-Do Academy besucht. Seine vielen Streitereien auf der Straße schienen seine beste Schule gewesen zu sein. Der Pferdemann wollte natürlich nicht so einfach klein beigeben und war nicht mehr zu bremsen. Er näherte sich meinem Onkel wie ein Boxer. Doch er veranstaltete lediglich eine wilde Schlägerei in der Luft, ohne auch nur die geringste Chance zu haben, meinem Onkel eine verpassen zu können. Zé verlor daraufhin die Geduld und gab dem Kutscher vorsichtshalber noch eins auf die Nase, um den Kampf zu beenden. Der Pferdemann war außer sich. Blut lief von seinem Gesicht herunter. „Der Kampf ist aus und wir gehen nach Haus", so dachte ich mir zumindest. Der Pferdemann war nun endgültig nicht mehr in der Lage aufzustehen und blieb neben seinen Pferden liegen. Keiner verspürte auch nur annähernd das Bedürfnis ihm zu helfen, er sollte da liegen wie eine Bestie. Die Leute waren schon lange zornig auf ihn, weil er nicht einmal seinen eigenen Tieren Respekt erwies, deswegen waren die Leute froh, dass endlich einmal einer kam und Ordnung machte, der dem Pferdemann zeigte, wie der Hase läuft. Ja, die Pferde hatten bestimmt das ganze Schauspiel ebenso genossen und erhofften sich Besserung. Jetzt würden wir endlich Ruhe hier im Stall haben! Und so lag nun der Pferdemann immer noch auf dem Boden und schämte sich, als alle Leute da so auf ihn schauten und niemand Mitleid verspürte. Selbst die Pferde schienen sich zu amüsieren. Vielleicht hat der Pferdemann durch diesen Vorfall endlich seine Lektion gelernt, dass jedes Wesen auf unserer Welt, ob Pferd, Maus oder Ameise, seinen individuellen Wert hat, zur Schöpfung Gottes gehört und daher unser aller Respekt verdient und nicht einfach so misshandelt werden darf.

Alle wollen nur leben, manche kürzer, andere wiederum länger und sehr lang, wie die Schildkröten oder Papageien. Alle wollen in Frieden leben, auch die Pferde. Seit jenem Tag haben wir den Pferdemann nie mehr bei uns in der Stadt gesehen. Unter den Leuten wurde erzählt, der Mann habe seine Pferde mit der gesamten Karosse verkauft und sei fortgezogen. Mit so einer Schande wollte er wohl nicht mehr unter uns weilen.

Leider hatte Onkel Zé immer Pech in seinem Leben, die Polizei war ihm stets auf den Fersen. Sobald irgendwelche Vorkommnisse in der Stadt waren, wurde mein Onkel sofort festgenommen, oft ohne Grund, so landete er wiederholt für ein paar Tage oder sogar Wochen im Knast. Mein Großvater musste immer viel Geld ausgeben, um ihn wieder auf freien Fuß zu bekommen. Seine Mutter ist sehr früh an Leberzirrhose gestorben. Er hatte niemals schlecht über seine Mutter geredet, ganz im Gegenteil, für ihn war sie eine tolle Mutter gewesen, die ihm stets Gerechtigkeit beibrachte. Trotzdem sie ihm schon sehr früh Zuckerrohrschnaps gab, damit sie tanzen gehen konnte, konnte er ihr verzeihen. Er liebte seine Mutter und beschuldigte sie nie für irgendwas, nahm sie sogar bei jeder Gelegenheit in Schutz. Sie war sehr jung, als sie das Baby bekam, gerade erst 16 Jahre alt. Sie musste schon so früh alleine leben und als Prostituierte für den Lebensunterhalt kämpfen. Onkel Zé zog eines Tages um, man sagt, er wäre nach Santos gezogen, das ist eine sehr große Hafenstadt bei São Paulo, am wunderschönen Meer. Seitdem habe ich ihn nicht mehr gesehen, er kam auch nie mehr nach Mogi das Cruzes, um uns zu besuchen. Heutzutage, wenn er noch lebt, muss mein guter Onkel Zé schon ein sehr alter Mann sein. Ich kann kaum daran glauben, dass er alt geworden ist. Für mich wird er immer der gleiche junge Mann bleiben, der gegen den Pferdemann kämpfte. Er war für mich ein Vorbild. Jemand, der mitten im Leben stand und für das Leben einstand, für sich und für jeden. Jemand voller Liebe im Herzen, der vergeben konnte und für die Gerechtigkeit sorgte, die ihm seine Mutter beigebracht hatte. So jemanden, der stets den Engel der Vergebung und des Friedens bei sich hat, trifft man sehr selten. Gott sei mit ihm und dem Pferdemann.

07 *Positiv handeln*

Wenn eine Geschichte zuende geht,
Dann ist es Zeit gute Nacht zu sagen.
Schlaft gut all meine lieben Engel,
Das Leben schreibt Geschichten,
Und wir spielen gern mit.
Positiv zu denken ist schon ein guter Anfang,
Um das Leben besser in den Griff zu bekommen
Und uns mit unserem Schicksal zurechtzufinden.
Alles wird gut, wir müssen es nur wollen.
Beim Positivdenken und Positivhandeln
Fängt das Glück an!

08 *Manuel und Frieda*

Das Haus war nicht groß, mit einem kleinen Gemüsegarten vor der Tür, man musste ständig aufpassen, dass die Tomaten, der Kopfsalat und die Radieschen nicht von den Nachbarn geklaut wurden. Nun, die Familie war groß, sieben Kinder und eine Frau, die noch ein Kind erwartete. Ein paar Monate später hätten dann zwei Erwachsene und acht Kinder in etwa 80 Quadratmeter Wohnraum gelebt. Die Gegend war sehr schön, aber die Bevölkerung wusste nicht, wohin sie mit soviel Müll sollte. So landete alles vor der Tür des einen oder anderen Nachbarn, was oft Ärger gab. Oder es landete irgendwo in einem Fluss oder im Wald, zerstörte die Natur. Nicht weit weg vom Haus gab es einen Fluss, in dem die Kinder fröhlich badeten. Er war wie ein Luxus-Swimming-Pool der Natur für die armen Leute. Von einem Thermalbad wie in Bad Homburg, vom Schwangau oder von Oberstdorf hatten die Menschen dort nie gehört. Sie waren trotzdem sehr glücklich und die Kinder hatten ihren Spaß. Schwimmen in der Natur, ohne Pommes Frites, Pizza oder Spaghettieis. Wie es sich gehört!

Manchmal kam ein totes Pferd vorbeigeschwommen, das schon entsprechend stank oder sogar ein toter Mensch. Als das der Fall war, rannten alle Kinder weg, sie schrien wie verrückt und im Fluß war einige Tage Ruhe. Aber bald war alles wieder ganz normal und der Club-Natur nahm wieder seinen Betrieb auf. Schnell war alles wie früher, ganz laut und lebendig. Der Flussstrand war plötzlich wieder voller Kinder und Jugendlicher. Die Kinder sind gern dort geschwommen, egal ob nebenan der Toilettenabfluß der Stadt war oder nicht. Hauptsache war, man konnte sich vor der Hitze schützen. Nichts ist besser als eine Dusche im kalten Wasser des Flusses.

"Das ist gesund," sagte Herr Samuel immer wieder, "dadurch bekommen die Kinder Abwehrkräfte, Schmutz ist besser als zuviele Medikamente."

Mag sein, dass er Recht hatte, aber es war eine Zumutung für die Kinder, die dort badeten, dass der Fluss eine Kloake war, voller Toilettenpapier und allem, was die Leute nicht mehr brauchen. Komischerweise waren die Kinder selten krank, vielleicht stimmten die Worte von Herrn Samuel. Und was ist mit der BASF in Ludwigshafen? Wenn man auf der A6 nahe Sandhofen fährt, ist der Gestank kaum auszuhalten. Vielleicht ist es besser in Brasilien im Stadtfluss zu schwimmen, anstatt nahe der BASF zu wohnen.

Im Haus von Herrn Samuel gab es viel Glück, er war ein sehr guter Vater, lieb und geduldig. Der Fernseher und das Radio waren ständig im Dienst, den ganzen Tag lang war etwas zu hören. Langeweile hatte keiner. Dazu kam das Geschrei der eigenen Kinder und Nachbarskinder, die laut waren. Die Kinder schrien oft wie am Spieß, hinzu kamen die Hunde, die in jedem guten Haushalt zu finden waren. Sie waren die Bodyguards der Familie, die beste Alarmanlage der Welt gegen Diebe und andere Verbrecher. Deswegen wurden die Hunde oft ermordet, die Diebe gaben den armen Tieren tagsüber Gift, damit sie am Abend oder später ungestört den Garten und das Haus betreten konnten. Mal wurde ein Fahrrad hier geklaut, ein Schubkarren dort, Wäsche war auch beliebt. Auf keinen Fall durfte man nachts Wäsche draußen im Garten lassen, morgens wäre sie weggewesen, egal ob sie alt oder neu war. Frau Samuel leistete ihren Beitrag zur Lebendigkeit im Ort. Sie schrie ihre Kinder ausgiebig an, bis sie keine Stimme mehr hatte. Aber das nützte nichts, die Kinder verhielten sich so, als wenn sie Oropax in den Ohren hätten, merkten gar nicht mehr, ob die Mama schrie oder nur laut redete. Sie antworteten immer:

"Ja, Mama, das mache ich. Ja, ich komme schon."
Aber es änderte nichts, der Fernseher blieb an, die Hausaufgaben warteten bis zum nächsten Tag oder wurden gar nicht gemacht. Frau Samuel musste deshalb immer wieder bei der Klassenlehrerin erscheinen, sich anhören, was sie schon auswendig kannte. Herr Samuel lachte darüber und verlor nie seine Ruhe. Für ihn war alles ganz in Ordnung, Kinder müssen toben und schreien, sonst werden sie dumm, war seine Erklärung. Er hatte ein kleines Haus gebaut mit Garten und wer sowas in dieser verlassenen Gegend besaß, der war ein Reicher oder einer auf dem Weg zum Reichtum. Man hoffte nur, dass die Diebe oder Drogenhändler nicht kamen und Chaos bei den Bewohnern veranstalteten. Egal ob jemand im Haus war oder nicht stiegen sie oft ein und nahmen alles mit. Bei einem solchen Diebstahl hätte Herr Samuel sein Leben wieder von vorn anfangen müssen. Es war alles sehr einfach eingerichtet und gebaut, ein paar Backsteine, etwas Sand und Zement waren verwendet worden. Das Dach war aus Blech, das er irgendwo beim Schrotthändler gefunden wurde, so konnte es nicht hineinregnen. Der Mann war ein guter Handwerker und seine Frau eine gute Köchin, entsprechend sahen die beiden aus. Es gab kein Luxusessen, fast jeden Tag Reis und Bohnen, mit sehr viel Fett. Von dem Reis und den schwarzen Bohnen konnte jeder satt werden. Dazu gab es bei jeder Gelegenheit weißes Brot, das dick machen kann. Machmal war ein Spiegelei auf dem Teller, das war dann ein Fest im Haus. Zum Frühstück war das weiße Brot nur mit Margarine bestrichen, die Kinder waren daran gewöhnt. Wenn das Geld nicht mehr reichte, wurde auch das Brot knapp. Dann guckte die Mama genau auf die Finger, damit keiner mehr als der andere bekam. Selbstverständlich gab es immer wieder Krach deswegen.
"Aber der hat mehr als ich bekommen, ich möchte noch ein

Stück, Mama. Ich habe noch Hunger."
Typisches Familienleben würden wir sagen. Margarete war
die größte Tochter und aß grenzenlos. Ja, sie war die Älteste
und hatte immer schlechte Laune. Sie war schon 15 Jahre
alt, mitten in der Pubertät und am liebsten wäre sie sofort
losgegangen, um alle Discos und Tanzlokale der Stadt zu er-
obern. Nun, die Mama passte auf und hielt das Mädchen an
der kurzen Leine. Margarete hatte schon einen Job in der
Stadt, in einem Waschsalon. Dort arbeitete sie für einen
Mindestlohn, also für wenig Geld. Die Schule absolvierte sie
nur bis zur Grundschule, alles andere ging mit Pauken und
Trompeten daneben. Mehr zu erreichen wäre für sie nicht
möglich, sondern nur eine Quälerei gewesen. Schon in der
Grundschule musste sie mehrmals sitzenbleiben und der
Vater war froh, dass sie einen Grundschulabschluss er-
reichte. Dieser war mehr ein Geschenk als verdient. Die Meinung ihres Vaters war:
"Eine Frau braucht nicht viel Schulausbildung, das ist nur
vergeudete Zeit, warum soviel lernen und wissen. Eine Frau
muss kochen, putzen und waschen können, die Männer sollten das Geld verdienen, deswegen müssen sie in die Schule
gehen und einen gescheiten Beruf erlernen."
Das war die Theorie von Herr Samuel. Macho pur! Und so
ging es Margarete auch, sie hörte immer sowas von ihrem
Vater und Lust auf die Schule hatte sie sowieso nicht. So
blieb ihr nichts anderes übrig, als früh arbeiten zu gehen,
um der Familie finanziell zu helfen. Gern hätte Herr Samuel
gehabt, dass Margarete schon mit 16 Jahren einen guten
jungen Mann gefunden hätte, um spätestens mit 18 verheiratet zu sein. Das wäre eine Sorge weniger für die Familie
gewesen. Und so war es auch, mit 17 wurde Margarete
schwanger und sobald sie 18 war, gab es ein Hochzeitsfest.
Der Mann war in Ordnung, aber nicht älter als 19 Jahre.

Er war gesund und wollte unbedingt etwas aus seinem Leben machen. Herr Samuel gab ihm einen Job auf seiner Baustelle. Die beiden fuhren jeden Tag mit dem Fahrrad zur Arbeit, mal war hier eine kleine Reparatur, manchmal konnten sie dort ein ganzes Haus bauen, so war ihr Lebensunterhalt gesichert. In der Regenzeit war es nicht leicht Arbeit zu bekommen. In dieser Zeit konnte das kleine Haus weitergebaut und renoviert werden. Es war eine ewige Baustelle, fast wie der Kölner Dom. Einfach deshalb, weil das Geld nie reichte, um genug Backsteine und Sand zu kaufen. Nicht selten blieben die beiden Männer irgendwo hängen und spielten Karten, bis spätabends, tranken mehrere Biere zusammen. Die beiden amüsierten sich. Frauen und Fußball waren immer die interessantesten Themen für beide. Manuel, der Schwiegersohn, war der Sohn eines guten Freundes von Herrn Samuel.

Eines Tages kamen die beiden sehr spät nachhause von einem Fest und konnten sich fast nicht mehr auf dem Rad halten. Es war eine Geburtstagfeier und es gab viel zu essen und trinken. Der junge Mann hatte es mit dem Alkohol ein bisschen übertrieben und Herr Samuel auch. Schwiegervater und Schwiegersohn waren betrunken, auf Deutsch gesagt: "Total besoffen." Es war schwer den Weg heim zu finden. Es war etwa 24 Uhr, die Straßen waren schlecht beleuchtet. Unerwartet kamen zwei starke Männer, hielten die beiden an und verlangten Geld. Einer war bewaffnet mit einem Messer, der andere mit einem Revolver. Die Fahrräder waren Luxusartikel. Herr Samuel hatte mit viel Mühe für ein schönes Fahrrrad gespart, es gekauft und musste 36 Monate die Raten zahlen. Das Rad war fast so viel wert wie sein Leben selbst. Die beiden Diebe waren nicht bekannt in der Stadt. Den Familienvater hingegen kannte jeder in dieser verlassenen Gegend. Er konnte kaum noch stehen und fing an ein Lied zu singen, aber das kam bei den Dieben nicht gut an. Das Rad wollte Herr Samuel nicht hergeben und versuchte einen der Diebe an die Seite zu schubsen. Das war keine gute Idee, deren Gehirne waren voll mit Drogen. Gleich bekam der Bauarbeiter eine Ohrfeige und sie verlangten die Fahrräder plus Geld. Ein bisschen Geld hatte Herr Samuel bei sich und der Schwiegersohn auch. Da Ende des Monats war, hatten sie das Geld von der letzten Baustelle bekommen. Für sie war das ein kleines Vermögen und keiner gibt gern das weg, was er in einem Monat verdient hat. Das Geld war für die Familie, um Essen zu kaufen, Strom und Wasser zu bezahlen. Die beiden wussten, wie wichtig das Geld für die Familie war. Ohne Geld hätten sie große Schwierigkeiten gehabt. Am Leben zu bleiben war ihnen natürlich auch wichtig. Doch plötzlich gab es eine körperliche Auseinandersetzung zwischen den Männern. Schwiegervater und Schwiegersohn waren stark, aber sie waren betrunken, trotzdem konnten sie sich gut wehren. Die Diebe waren gut trainiert. Es waren Fitnesstudio-Typen und die verstehen keinen Spaß bei Rangeleien. Es ging heftig los und die Diebe machten schnell von Messer und Pistole Gebrauch. Aber vorher schrie einer der Diebe, zur Warnung, sehr laut und forderte wieder die Räder und das Geld.

"Kommt, Männer, gebt sofort die Räder und euer Geld, sonst knalle ich euch ab, wird es bald ihr Säufer? Schluss damit, das Geld her und zwar gleich, sonst seid ihr beide gleich tot. Ich verpasse euch einen Schuss auf die Eier."

Der Schwiegervater wehrte sich weiter und traf mit seiner kräftigen Hammerfaust einen Dieb genau auf die Nase. Er blutete sofort, aber zielte mit seiner Pistole auf Herrn Samuel, knallte ihn ohne Gnade ab. Das Herz wurde getroffen. So war Feierabend für den Familienvater. Er und das Rad fielen auf den Boden und überall breitete sich Blut aus.

Der Schwiegersohn geriet in Panik und versuchte die Situation in den Griff zu bekommen. Er sah den Schwiegervater auf dem Boden liegen und konnte nichts tun. Plötzlich spürte er kaltes Metall an seinem Bauch und konnte gar nichts machen, seinem lieben Schwiegervater nicht mehr helfen. Beide Männer lagen auf dem Boden und die Diebe rannten weg. Nach etwa 30 Minuten kamen Passanten vorbei, fünf Personen von den Zeugen Jehovas. Sie wollten helfen, riefen sofort einen Krankenwagen. Herr Samuel und sein Schwiegersohn Manuel kamen in ein sehr einfaches Krankenhaus am Stadtrand. Für den Schwiegervater kam jede Hilfe zu spät, er ging zum Himmel, ohne Geld und Fahrrad. Manuel wurde sofort behandelt und drei Monate später war er fit und kümmerte sich um seine und die Familie seines Schwiegervaters. Mit ihm waren 10 Personen im Haus zu ernähren. Der Opa half ein bisschen, aber mit dem Tod von Herrn Samuel begann die Tragödie. Frau Samuel war nicht gesund, trotzdem nahm sie einen Job im Krankenhaus an. Sie musste von frühmorgens bis spätabends putzen. Die Kinder waren noch zu klein, ihre große Tochter Margarete kümmerte sich mit um die Kleinen. Margarete konnte nicht mehr arbeiten, da sie das zweite Kind erwartete und es ihr nicht gut ging. Bei der Geburt ihres Sohnes starb Margarete auf dem OP-Tisch und Manuel blieb alleine. Ohne Frau, ohne Schwiegervater und mit einer Schwiegermutter, die sehr lieb zu ihm war. Es war eine nette Familie, aber ohne Geld und oft ohne was zu beißen.
Manuel versuchte immer etwas zu tun, er gab nie auf. Er dachte immer an ein oft zitiertes Sprichwort seiner Frau: "Kopf hoch und durch."
Manuel redete nicht viel, aber er war sehr fleißig. Er war ein guter Mann, der wusste, welche ernste Aufgabe er vor sich hatte. Zum Glück bekam er einen guten Arbeitsplatz bei

einer großen Firma, da wurde wesentlich besser bezahlt als früher bei seinem Schwiegervater. Sein Ziel war, mit der Zeit eine eigene Firma zu gründen, Arbeit war genug da. Aber Kapital hatte er nicht und musste viel sparen, bis er genug Geld für etwas Eigenes hatte. In dieser neuen Firma würde er alles lernen, was ein guter Handwerker braucht. Die Zeit ging schnell vorbei, bald heirateten drei Kinder von Herrn Samuel, eine andere Tochter wurde plötzlich schwanger und musste schnell zur Kirche gehen, um das berühmte Jawort zu sagen, auch wenn man nicht ganz genau wusste warum und wieso und wie ernst ein solches "JA" sein kann. Es ging alles schnell, ein anderer Sohn fand mit 18 Jahren seine Traumfrau und wollte unbedingt auch eine Familie gründen. So wurde das Haus schnell leer. Jetzt konnte Manuel sich besser um seine eigenen Kinder kümmern. Frau Samuel konnte nicht mehr arbeiten, sie war zu krank und passte nun auf ihre Enkelkinder auf, damit die Mütter arbeiten gehen konnten. Also, es war immer dasselbe in dieser verlassenen Gegend, viele Kinder und viel Armut.

Nach 15 Jahren war Manuel in der Lage eine eigene Firma zu gründen, er hatte genügend Kontakte und nebenbei immer ein paar Aufträge privat, die eigentlich für die Firma gedacht waren. Er war aber nicht hinterhältig, er war beliebt und zuverlässig. Der junge Mann wusste schon seit langer Zeit nicht mehr wann Sonn- oder Feiertag war. Samstags wurde selbstverständlich bis 18 Uhr gearbeitet. Er war zielstrebig, wusste genau was er wollte, nämlich aus der Misere herauskommen. Dann kam der Tag, an dem er seinem Chef mitteilen konnte, dass er die Firma verlassen wollte, um eine eigene zu gründen. Manuel war in der Firma sehr beliebt und hatte auch seine Augen auf die Tochter des Besitzers geworfen. Aber das wäre eine Nummer zu groß für ihn gewesen. Die Tochter war eine wunderschöne Blondine,

21 Jahre alt, war in der Uni, machte gern Yoga und klassiches Ballett, langweilig für einen jungen Mann. Manuel ging ins Chefbüro und kaum war er darin, kam die Blondine rein. Das Mädchen schaute Manuel an, wusste nicht, was er vorhatte und die beiden blieben wie zwei Vogelscheuchen stehen. Der Chef, ihr Vater, war nicht da. Er musste dringend verreisen und die Tochter führte die Firma einige Tage. Als Manuel mitteilte, dass er die Firma verlassen wolle, hatte das Mädchen sofort Tränen in den Augen. Die beiden hatten sich in all den Jahren kaum gesehen, aber als Frieda klein war, hatte ihr Vater sie immer mit zur Baustelle genommen, und Manuel spielte mit ihr. Manchmal wurden Steine geworfen, mal Blödsinn gemacht, bis der Vater schimpfte. Manuel gehörte schon fast zum Firmen-Inventar, fast zur Familie. Die Tochter wollte ihn nicht verlieren, er war einer der besten Mitarbeiter. Als Manuel fertig war mit seiner Rede, griff die Tochter zum Telefon und teilte ihrem Vater mit, was Manuel vorhatte. Der Vater war resolut und aufgeregt, er wollte selbst mit dem jungen Mann sprechen. Sein Ton klang verärgert.

"Was ist los, Manuel, willst du uns verlassen? So leicht wird es nicht sein. Ich habe viel für dich getan. Das kommt gar nicht in Frage. Wenn du eine eigene Firma auf meine Kosten gründen willst, dann werde ich dich vernichten, du wirst hier bei uns keinen Auftrag mehr bekommen, das verspreche ich dir. Außerdem brauche ich dich, vor allem jetzt, da wir soviele Aufträge haben. Was willst du? Mich aufs Kreuz legen? Du bist ein Dummkopf, mein Junge. Gerade jetzt willst du weggehen, die schwierigen Jahre haben wir hinter uns, dein Gehalt hast du immer bekommen. Dies Abenteuer werde ich nicht unterstützen. Es gibt keinen Platz für eine weitere Firma, hier überleben nur die Großen, ist das klar?"

"Aber Herr ...", Manuel wollte etwas sagen, aber der Chef gab ihm keine Chance.

"Halt's Maul, Kleiner, du bleibst in meiner Firma und die Sache ist gegessen. Komm morgen Abend zu mir nachhause, ich muss mit dir sprechen. Kein Wenn und Aber, und komm nicht zu spät. Wir warten auf dich."

Die Tochter hatte alles gehört und lachte sich tot.

"Ja, Manuel, das ist mein Vater, er will dich nicht verlieren, du bist wichtig für unsere Firma, ich glaube, er liebt dich."

"Er liebt mich? Wie denn? Ich bin nicht schwul und er auch nicht. Oder?"

"Nein, Manuel, ich meine es positiv, ihr seid schon so lange zusammen, ich kenne dich seit meiner Kindergartenzeit. Mein Vater liebt dich wie den eigenen Sohn, den er nie hatte. Ich bin die einzige Tochter, meine Mama ist sehr früh gestoben, er hat keinen Menschen außer uns beiden gehabt. So ist das Manuel. Er meint es gut mit dir. Mit einer eigenen Firma hättest du keine Chance, mein Vater ist zu mächtig. Sein Stolz würde das nicht zulassen. Wenn du weggehen würdest, würde er dich bis ans Lebensende verfolgen. Mein Vater ist stur wie ein Esel. Wenn du versuchst ihn zu übergehen, ihm die Kunden wegzunehmen, würde das fatal für dich enden. Vergiss das nicht ..."

"Dein Vater liebt mich, wie seinen Sohn? Das habe ich nie bemerkt, er ist sehr hart zu mir gewesen. Vielleicht bin ich sein Sklave, aber nicht sein Sohn. Ich musste immer wie ein Pferd arbeiten, mehr springen als die anderen. Ich habe es nicht leicht mit deinem Vater. Ja, er liebt mich, sagst du, und wie ist es mit dir, was empfindest du für mich Frieda, vielleicht liebe ich dich auch? Hast du dir schon Gedanken darüber gemacht?"

"Manuel, das geht zu weit, komm morgen zu uns, das ist der Geburtstag meines Vaters. Es ist eine wichtige Einladung für dich, da kommt niemand von der Firma, außer dir. Es werden nur wichtige Leute anwesend sein. Aber versuch nicht meinen Vater zu ärgern."

"Und was ist mit uns, Frieda? Du weißt, ich liebe dich schon seit du im Kindergarten warst. Ich kann das nicht mehr vertuschen, deswegen will ich auch weggehen. Du bist in der Uni, bald bist du fertig mit deinem Studium und wirst sehr oft hier sein. Dein Vater ist nicht mehr der Jüngste, praktisch wirst du die Firma übernehmen, ich werde nicht in Ruhe arbeiten können, wenn du meine Chefin wirst. Verstehst du, Frieda? Für dich bin ich ein Taugenichts, war kaum in der Schule, bin kein Herr Doktor, den dein Vater vielleicht für dich sucht. Aber ich habe dich lieb, mehr kann ich jetzt nicht sagen oder versprechen."

"Was ist los mit dir, Manuel? Ist dir klar, dass du zu weit gehst? Ist das vielleicht ein Heiratsantrag? Du bist aufdringlich, das wäre schon ein Grund dich auf die Straße zu setzen. Komm mir nicht zu nahe, sonst erlebst du was. Ich werde mein Personal rufen und dich rauswerfen. Wenn ich meinem Vater sage, dass du frech zu mir warst, bist du morgen arbeitslos."

"Gut, dann machen wir so weiter. So muss ich gar nicht kündigen und bekomme mehr Abfindung!"

"Was denkst du, wer du bist? Bleib mir vom Leib, du kleiner Junge, ich werde meinem Vater alles erzählen."

"Du hast die Wahl, du kannst mich auf die Straße werfen oder mich heiraten. Was ist dir lieber?"

Manuel stand auf, ging zu Frieda, nahm sie auf seine starken Arbeiterarme und gab dem Mädchen einen dicken Kuss. Frieda wehrte sich gar nicht, wartete auf diese weiteren "Angriffe". Sowas hatte das Mädchen nie erlebt, alle hatten Angst vor ihr. Da der Vater zu mächtig war, nahmen immer alle Jungs Abstand von ihr. Er küsste sie sogar auf den

Mund, was ihr selten passiert war. Das war nicht zu fassen. Und so handelte sie in dieser Situation:

"Ja, Manuel, morgen bist du auf der Straße, aber ich gehe mit dir, du Miststück. Warum hast du so lange gewartet, um mich zu küssen? Du bist gefeuert, das sage ich dir, aber bis morgen darfst du mich weiter küssen und mich umbringen. Mein Vater liebt dich, Manuel, aber ich liebe dich wesentlich mehr, und das schon seit langem, seit ich im Kindergarten war. Diesen Mann möchte ich heiraten, dieser Vollidiot wird der Vater meiner Kinder werden."

Dieser Morgen im Büro bei Frieda veränderte das Leben von Manuel von Grund auf. Am nächsten Tag ging er zu seinem Chef nachhause. Dieser war sehr freundlich zu ihm, wusste aber nichts von den Gefühlen seiner Tochter und seinem Mitarbeiter. Circa 100 Gäste waren anwesend, Herr Gutzmann, der Vater von Frieda, schleppte den jungen Mann überall hin, stellte ihn allen Freunden vor, als seine rechte Hand in der Firma. Der Abend ging schnell vorbei, eine grausame Band sorgte für Musik und Tanz. Gegen 22 Uhr, bevor die Gäste gingen oder schon betrunken waren, nahm Herr Gutzmann das Mikrofon, um zu den Gästen zu sprechen. Er redete fröhlich zu seinen Freunden und Gästen und erntete viel Applaus.

"Meine Damen und Herren, liebe Freunde. Man wird im Leben nur einmal 18 und nur einmal 60 Jahre alt, oder besser gesagt, 60 Jahre jung, so wie ich jetzt. Das bedeutet, sehr viele Jahre meines Lebens sind schon vergangen. Wie viele Jahre mir Gott am Anfang meines Leben gegeben hat, kann ich nicht sagen, und auch kein anderer Mensch. Aber ich glaube, es bleiben noch etwa 40 übrig, insofern musste ich mir schon jetzt Gedanken darüber machen, wer meine Firma übernehmen kann. Sie wissen, ich habe eine sehr liebe Tochter, aber sie versteht von Bau und Beton gar nichts, ich denke sie wird lieber kochen als Häuser bauen. Dabei wird sie bald eine Diplom-Ingenieurin sein, aber was hat eine Frau auf der Baustelle zu suchen? Gar nichts, würden Sie, meine lieben Gäste vielleicht sagen, nicht wahr? So eine schöne Frau sollte was anderes tun, wie Ballett, Musik, Malen oder sonstwas. Aber dieses Mädchen ist genauso stur wie ihr Vater. Sie will unbedingt meine Firma fortführen, nach vorn treiben, noch größer machen, noch mehr Erfolg ernten als ihr Vater. Wir werden sehen! Sie will es, dann soll sie es tun. Der Weg ist bald frei für sie. Sie ist damit groß geworden, hat gesehen, wie unsere Gebäude gen Himmel gewachsen sind. Ich mache nur Spaß, sie hat natürlich viel Ahnung! Frieda ist eine sehr kompetente Frau und besser ausgebildet als ihr Vater. Oft kann sie mich beraten und belehren. In diesen letzten 10 Jahren hat sich vieles in der Baubranche verändert, man braucht mehr Mathematik als Hammer und Meißel, um was Gutes zu bauen. Deswegen möchte ich euch heute gern mitteilen, dass meine Tochter Frieda unsere Firma ab dem nächsten Jahr vollkommen übernehmen wird, ich werde nur noch ein kleiner Angestellter bei ihr sein. Ich bin sehr stolz auf meine Tochter, ich liebe dich sehr, Frieda.

Außerdem möchte ich Ihnen noch etwas mitteilen. Ein Mitarbeiter will mich verlassen, das ist dieser Mistkerl, der da steht, sein Name ist Manuel. Wir sind schon seit vielen Jahren zusammen, jetzt will er weggehen. So leicht wird es nicht sein unsere Familie zu verlassen. Wir haben einen Kodex, junger Mann. Wir haben einen Vertrag für 100 Jahre und meine Anwälte werden dir die Hölle heiß machen, wenn du wirklich gehst. Es ist kein Kinderspiel unseren Kodex zu brechen, nicht wahr, meine Freunde? Schauen Sie sich dieses Gesicht ganz genau an, er könnte morgen schon tot sein. Ich mache nur Spaß, Manuel, keine Angst, wir brauchen dich noch und am besten lebendig. Ich sage euch, Manuel war immer ein ausgezeichneter Mitarbeiter, in der letzten Zeit war ich mehr unterwegs als hier. Wie Sie wissen, es gibt überall schöne Frauen und ein junger Mann wie ich muss sich manchmal austoben dürfen, nicht wahr? Spaß beiseite! Wir bekommen immer größere Aufträge, auch aus der Ferne, sogar aus Europa. Wir leben in einer globalisierten Welt. Sie fängt an und hört nicht auf nur mit dem PC oder Internet, deswegen muss ich oft bei meinen Kunden sein. Gestern noch war ich in Rio de Janeiro, heute bin ich bei euch und morgen geht die Reise wieder weiter. Bislang war ich froh, Manuel an meiner Seite zu haben. Das bedeutet, wir dürfen nicht zulassen, dass er weggeht. Nicht wahr, liebe Freunde? Was meinen Sie? Habe ich nicht das Recht so zu handeln? Frieda übernimmt die Firma und Manuel wird mein Geschäftsführer sein. Wenn er nein sagt, dann werden wir ihn in die Badewanne stecken und ihn in Champagner eintauchen, so lange bis er zur Vernunft kommt. Wenn Manuel etwas sagen will, das Mikrofon ist frei für ihn, ich habe Hunger."

Herr Gutzmann bekam viel Applaus und Manuel wollte auch etwas sagen, stand aber das erste Mal vor einem Mikro und war sehr nervös. Da waren nur wichtige Leute aus der Stadt, der Oberbürgermeister, lauter Doktoren und Millionäre. Alle hatten sich versammelt, aber nicht um irgendwelche Mitarbeiter zu hören. Die würden ihn bestimmt auspfeifen, aber es war notwendig. Nun musste er alles hinter sich bringen, so eine Gelegenheit bekommt man nicht zweimal im Leben. Jetzt oder nie, sagte er sich. Vor ihm war ein Tresor voller Gold und er musste ihn nur nehmen. So ging er zum Mikro, schaute auf die Masse und dachte plötzlich daran, wie er seinen Schwiegervater verloren hatte. Das gab ihm Mut und er fing an wie ein Gelehrter zu sprechen.

Manuel hatte immer gern gelesen, er wollte aus seine Misere heraus und hatte verstanden, nur wenn er mehr als die anderen wüsste, hätte er eine Chance. Er war intelligent, lernte alles sehr schnell. Deshalb fing er an zu reden und alle hörten genau zu.

"Sehr geehrte Damen und Herren, selbstverständlich fühle ich mich fremd in dieser Umgebung, ich bin ein Bauarbeiter, ich kann die Nägel genau auf den Kopf treffen, aber nicht wie viele von Ihnen die richtigen Worte finden, wenn es sein muss. Meine Aufgabe bei Herrn Gutzmann habe ich immer nach bestem Wissen und Gewissen erledigt. Gestern spielte ich noch mit dem Gedanken diese Familie zu verlassen, mein eigenes Leben zu gestalten. Sie wissen, selbstständig zu sein, irgendwann selbst eine erfolgreiche Firma zu haben ist der Traum vieler, die klein anfingen. Genau wie es Herrn Gutzmann schon vor so vielen Jahren tat. Aber als ich gestern ein Gespräch mit Frieda im Büro führte, wurde mir klar, ich kann diese Familie nicht einfach so verlassen. Es gibt viele Gründe dafür zu bleiben, das ist mir klar geworden. Wissen Sie warum? Weil Herr Gutzmann für mich mehr ist als ein Arbeitgeber, Arbeit gibt er mir genug, das möchte ich hier klarstellen. Er ist mehr für mich als jemand, der einen Job für mich hat und am Ende des Monats zahlt, er wurde für mich ein Ersatzvater. Ein Vater, den ich nie kannte, meiner ist sehr früh gestorben. Später lernte ich jemanden kennen, der sehr gut zu mir war, er war auch eine Art Vaterfigur. Das war mein Schwiegervater, Herr Samuel. Leider musste ich mit ansehen, wie er vor meinen Augen bei einer grausamen Streiterei auf der Straße umgebracht wurde. Wir haben uns sehr gut verstanden, aber leider löschten zwei Kriminelle sein Leben aus. Dabei war er noch sehr jung, seine Tochter, meine geliebte Frau Margarete musste uns auch verlassen. Dann musste ich die Verantwortung für

diese Familie, mit 10 Personen, übernehmen. Das war und ist immer noch keine leichte Aufgabe für mich. Deswegen habe ich hier in der Firma immer gegen eine Entlassung gekämpft. Um die große Familie meines Schwiegervaters mit durchzubekommen musste ich sehr hart arbeiten. Das tue ich immer noch gern. Eine Familie zu haben ist etwas besonderes. Das habe ich bei Herrn Gutzmann sofort gespürt. Er war für mich immer ein guter Lehrer, sozusagen ein Meister. Es gibt nichts, über das er nicht Bescheid weiß. Wenn er keine Erklärung hat, dann ist er so bescheiden zu sagen: "Das weiß ich nicht, ich muss mich erkundigen."
Herr Gutzmann ist ein Mensch, der die Schmerzen anderer Menschen spüren kann, und der bereit ist andere Meinungen zu hören. Oft sagt er zu mir.
"Ich würde es so machen, und was meinst du dazu?"
"Das ist Bescheidenheit, liebe Gäste, das ist Menschlichkeit. Ich bin froh, dass ich seine Ausbildung erlebt habe, obwohl ich ihn manchmal umbringen gekonnt hätte, voller Wut gegen diesen Sklaventreiber. Gut, dass ich ihn nicht umgebracht habe, nicht wahr? Wir sind noch nicht am Ende, ich habe von ihm und auch von Frieda noch viel zu lernen. Jetzt versammeln wir uns hier, um ihm zu gratulieren. Er wird heute 60 und ist wie mit 30 geblieben. So viel Vitalität habe ich kaum an einem Mann gesehen, seine Arbeitsstunden fangen an, wenn wir noch im Bett sind und hören auf, wenn wir wieder im Bett liegen. Ein Mann, der weiß was er will, ein Mann, der sein Ziel immer verfolgt hat, egal was passierte, er war immer am Ball und gab nie auf. Wir haben zusammen einige schwierige Jahre erlebt, aber er hat uns niemals im Stich gelassen. Er hat viel von seinem Privatvermögen in die Firma investiert, um keinen Mitarbeiter entlassen zu müssen. Er hat für uns gesorgt und wir sind ihm dafür sehr dankbar. Ich nehme sein Angebot als Geschäft-

führer der Firma gern an, ich werde mein Bestes tun, um ihn und die Firma zufriedenzustellen. Mit 60 oder mit 66, fängt das Leben an, habe ich immer gehört.

Wie Sie wissen, habe ich meine Frau verloren, wir waren beide noch sehr jung, ich habe sie sehr geliebt. Aber unser Gott ist so wunderbar, dass er uns immer wieder beweist, dass unser Herz sehr groß ist und wir viele Menschen lieben können. Dass wir nicht nur unsere Mutter, unseren Vater, unsere Ehefrau, Freunde, Kinder, lieben sollten, sondern alle 6 Milliarden Menschen, die auf dieser Erde leben. Wir sollten unsere Herzen für alle Menschen auf diesem wunderbaren Planeten öffnen. Aber manchmal trifft man jemanden, der unser Herz erobert. Jemanden, den wir heimlich lieben und bei dem wir Angst haben zu sagen: "Weißt du, ich liebe dich." Ja, manchmal fällt es uns so schwer über die Grenze zu gehen, und ich bin froh, dass ich es geschafft habe. Diese Liebe erfüllt nicht erst seit gestern mein Herz, diese Liebe war schon seit vielen Jahren spürbar. Sie war damals noch zu klein, um das zu verstehen, sie war noch im Kindergarten sozusagen. Eines Tages kam sie zu uns in die Firma. Später wurde sie größer und schöner, aber der Vater schaute genau dahin, wohin ich so gern schauen wollte, kontrollierte mich. Er gab mir nie die Chance seiner lieben Tochter genau in die Augen zu schauen. Ja, meine Damen und Herren, ich spreche von Frieda, von der Frau, die ich schon lange liebe. Wir haben so oft Steine gen Himmel geworfen, Pirat gespielt u.s.w. Nur kam der Vater damals immer wieder und schimpfte mit uns:

'Das ist kein Kindergarten hier, Manuel. An die Arbeit, Junge. Hier ist eine Baustelle und kein Spielplatz.'

Der war damals vielleicht schon auf uns eifersüchtig. Kann das sein? Diese kleine Mädchen von unserer Baustelle hieß und heißt immer noch Frieda, die Frau, die ich über alles

liebe und wenn wir hier schon versammelt sind, möchte ich
sie gern fragen: "Frieda, willst du mich heiraten, willst du
meine Frau werden, auch wenn dein böser Vater dagegen
ist?"

Also, nach diesem Satz mussten alle lachen und Manuel ge-
wann über Nacht das Herz aller Menschen. Mit seiner Rede
hatte er alle überzeugt, dass die Firma von Herrn Gutzmann
in guten Händen bleiben würde und der Vater langsam an
seine Ruhezeit denken konnte. Frieda kam dann auf die
Bühne, küsste Manuel sehr zärtlich und sagte ganz leise in
sein Ohr.

"Ja, ich will, aber hör auf zu reden, du quaselst wie ein Papagei ... wie mein Vater, ich möchte noch was essen, du
Dummkopf ... die anderen auch. "

Dann nahm Frieda das Mikro, sprach sehr schnell und
durcheinander, sie war nervös und teilte allen mit, dass sie
den Antrag annehme und hoffe bald einen Termin in der
Kirche zu bekommen, bevor der Vater es verbiete. Der
Schwiegervater übernahm wieder das Wort und scherzte.

"Meine lieben Freunde, noch gestern wollte Manuel unsere
Firma verlassen und heute will er schon meine Tochter mitnehmen, ich werde es nicht einfach zulassen, dass er mir das
schönste Mädchen vom ganzen Land einfach so weg-
schnappt. Nun, ich freue mich, dass die beiden sich getroffen haben und um ehrlich zu sein, ich weiß nicht, wann die
beiden sich heimlich verabredet haben. Dieses Mädchen ist
genau wie ihre Mutter, sie hat immer viele Geheimnisse.
Hiermit erkläre ich meinen lieben Kindern, dass ich nichts
dagegen habe, heiratet wann ihr wollt, lasst bloß ein Stück
Kuchen für mich übrig. Ja, schaut dass ihr beide heiratet und
bald viele Kinder bekommt, das ist alles was ich mir wünschen kann. Aber Windeln werde ich keine wechseln, das
müsst ihr selber machen. Lebt wohl meine Kinder, leb wohl

meine liebe Tochter, leb wohl mein lieber Manuel, - willkommen in der Familie und Gott sei mit uns. Aber der Bräutigam muss noch beweisen, dass er einen Walzer tanzen kann, sonst bekommt er das Mädchen nicht. Machen Sie bitte Platz für die beiden verliebten Engel."
Gegen vier Uhr nachts war die Feier zuende und beide küssten sich noch wie wild. Der Vater, der schon sehr müde war, schickte sie ins Bett, wohl bemerkt, jeder sollte in sein eigenes Bett gehen.
"Kommt Kinder, gehen wir schlafen, lasst diese Küsserei bis morgen. Gute Nacht Schatz, Manuel, du solltest bei uns übernachten, jetzt ist es zu gefährlich nachhause zu gehen, zu Fuß sowieso. Da oben ist ein Gästezimmer, Frieda, zeig es ihm bitte, jetzt ist Feierabend. Morgen muss ich wieder nach Rio de Janeiro fliegen, das ist Mist. Ich habe es total vergessen, es sind wichtige Termine, es muss sein."
Herr Gutzmann ging zu seinem Schlafzimmer und Frieda zeigte Manuel das Gästezimmer, aber der Bräutigam fragte frech:
"Wozu brauche ich ein Gästezimmer, wenn du in deinem Zimmer soviel Platz hast?"
Und so blieben die beiden zusammen, am frühen Morgen musste Herr Gutzmann um neun Uhr wegfahren. Er wollte Frieda Aufwiedersehen sagen, öffnete vorsichtig die Schlafzimmertür und fand beide nackt im Bett, Arm in Arm. Sie schliefen wie zwei Engel, er lächelte und sagte sich.
"Von wegen Gästezimmer, diese modernen Kinder von heute. Aber es ist gut so, die Enkelkinder dürfen schon kommen."
Manuel wurde sozusagen vom Tellerwäscher zum Millionär. In kurzer Zeit brachte er mit Frieda zusammen die Firma ganz nach oben. Sein Schwiegervater war gleichzeitig neidisch und stolz auf seine Kinder, das Firmenkapital hatte

sich verdreifacht. Alle Mitarbeiter profitierten von den großen Gewinnen. So wurde die Firma zu einer noch engeren und stärkeren Familie. Die Mitarbeiter arbeiteten mit Begeisterung und wurden großzügig für ihre Arbeit entlohnt. Manuel verstand sich sehr gut mit Frieda, er war ständig außer Haus, lebte nur für die Firma und seine Familie. Auch seine Kinder aus der ersten Ehe, die früher bei der Großmutter gelebt hatten, waren glücklich. Sie waren schon erwachsen und vollkommen ins Berufsleben integriert. Mit Stolz konnten sie Uni-Abschlüsse vorweisen, ein Sohn wurde Arzt, der andere Professor für Philosophie. Mit Frieda bekam Manuel fünf Kinder, und der Schwiegervater war sehr glücklich mit seinem Schwiegersohn. Die junge Frau war immer für ihren Papa und für andere da, wenn sie jemanden brauchten. Oft ging sie zu Mitarbeitern nachhause, um die Menschen besser kennenzulernen und ihnen zu helfen, ihr Leben besser in den Griff zu bekommen. Sie war für Manuel ein sehr wichtiger Mensch. Er wusste das Zusammensein mit Frieda und seinen Kinder sehr zu schätzen. Leider starb Herr Gutzmann an einem schönen Herbsttag mit 76 Jahren. Er hinterließ Manuel und Frieda sein Gesamtvermögen von über sechs Millionen Dollar.

Manuel führte weiterhin ein bescheidenes Leben mit seiner Frau. Das Geld verdarb seine Seele und seinen Charakter nicht, er war und blieb der gleiche Mann. Manuel, der gern sang, viele Witze erzählen und ausgiebig lachen konnte, der Mann, der immer freundlich zu allen Menschen war. Als Geschäftsmann war er sehr beliebt und kompetent bei seiner Arbeit. Gemeinsam mit Frieda stellte er gewaltige Projekte auf die Beine, aber das Familienleben hatte für beide immer Priorität. Frieda blieb sehr hübsch, nahm weiterhin Yoga-Unterricht und ging zweimal in der Woche zum klassischen Ballettunterricht. Sie errang den achten Grad der Royal Academy of Dance mit 96 Punkten. Sie wollte gern Urlaub in Europa oder in Asien machen, das Geld war da, da lag das Problem nicht. Aber Manuel war nicht damit einverstanden. Er meinte:

"Wir können in das China Restaurant um die Ecke gehen, dafür müssen wir nicht um die Welt reisen, überall ist es gleich, überall sind Menschen und wir sind Menschen von überall. Die Welt fängt in uns an und nicht am Eiffelturm in Paris oder bei Big Ben in London. Wenn unsere Kinder groß sind, dann kannst du mit ihnen hinfliegen, wohin du willst, aber jetzt müssen wir hier bleiben. Wir haben 500 Mitarbeiter, die auf unsere Arbeit angewiesen sind. Ich habe diese Verantwortung übernommen und werde sie tragen bis an mein Lebensende."

Ja, sein Schwiegervater hatte ihm beigebracht, dass das Leben nicht so einfach ist, die Treppen nach oben steil sind und wenn man oben ist, die Gefahr nach unten zu fallen groß ist.   Aber er hatte ihm auch vorgelebt, wie ein Mensch mit Liebe, Fleiß, Durchsetzungsvermögen und Geduld viel erreichen kann.

Die Fahrt von Herrn Gutzmann zum Himmel war voller Frieden. Er war als armer Mensch geboren und als erfolgreicher Geschäftsmann und glücklicher Großvater gestorben. Das Geld hatte in seinem Leben keine Priorität, aber die Disziplin und das Engagement, die zum Erfolg führen waren für ihn wichtig.

Leb wohl Manuel, leb wohl Frieda, es war nett euch kennenzulernen. Unser Weg geht jetzt auseinander, Licht aus, wir gehen nachhause.

09 *Freude am Leben*

Wir können so viel Liebe schenken,
Ebenso können wir
So viel Hass verstreuen.
Es liegt nur an uns
Zu sein, wie wir sein möchten,
Das Leben zu genießen
Oder durch das Leben zu leiden.

10 Der Bankräuber aus Trier

Mehr als 30 Jahre war ich als Straßenmusikant in Europa unterwegs. In all diesen Jahren habe ich etliches erlebt. Ich habe im Laufe der Zeit beispielsweise mitbekommen, wie Menschen verprügelt wurden, wie manche zur Flasche griffen und dass es mit einigen auch steil bergab ging. Ja, die Jahre gingen dahin und fast alle, die ich kannte, haben sich scheiden lassen. Dasselbe ist auch mir passiert, in meinem Fall nicht wegen meiner Musik, sondern wegen des zunehmenden Geschäftsstresses, der in unser Leben getreten war. Vielleicht hätte, wenn ich bei der Straßenmusik geblieben wäre, meine Ehe länger angehalten, oder wir hätten unter anderen Umständen vielleicht sogar einmal unsere goldene Hochzeit feiern können. Doch das sind alles Spekulationen – es kam wohl, wie es kommen sollte und die Zeit wird nie wieder zurückkehren. Wer weiß? Wenn ein Mann sich nicht so oft zu Hause aufhält, kann es manchmal vielleicht sogar besser für eine Ehefrau sein. Dann ist nicht immer jemand da, der ihr vielleicht ständig sagt, was sie zu tun oder zu lassen hat. Jedenfalls kann Straßenmusik auch mit sehr viel Stress verbunden sein. In Deutschland gibt es zunehmend Ärger in den Fußgängerzonen, mal mit der Stadtverwaltung, mit der Polizei, mit Bettlern, die von überall herkommen und die Gelegenheit nutzen, was nebenbei verdienen zu können. Bei Geschäftsleuten kommt es immer wieder vor, dass sie das Ordnungsamt anrufen, trotz des Einhaltens gesetzlicher Vorgaben. Nicht selten gibt es Ärger mit anderen Straßenmusikanten, die bestimmte Plätze in der Stadt für sich beanspruchen und nicht dulden können, dass ein Fremder die Stadt aufsucht und womöglich noch Erfolg hat oder gar berühmt ist. Sobald einer kommt und viel Publikum um sich herum schart, wird er unter den Straßenmusikanten sofort unbeliebt. In dem Fall ist es dann sogar besser, weiterzuziehen, um sich keinen Ärger einzuhandeln.

Das habe ich alles miterlebt, zum Beispiel auch die „Kelly Family". Der Vater war mit den kleinen Kindern sehr oft in Frankfurt und ließ die Kinder stundenlang spielen, wohl wissend, dass dieses Geschäft mit den Kindern irgendwann gut gehen und er dabei einiges an Geld kassieren könnte. Er war schon damals sehr diszipliniert, die Kinder handelten nach seinem Willen. Sie wurden groß und irgendwann war ein riesiger Erfolg da, jetzt hört man wieder sehr wenig von ihnen. Ja, so habe ich viele Straßenkünstler erlebt. Oft komme ich noch auf die Straße – zu einem guten Zweck – und spiele meine Musik, meine Konzerte unter freiem Himmel, und es sind zwischenzeitlich schon fast 40 Jahre vergangen. Von all den anderen treffe ich heute kaum noch jemanden, der unterwegs ist, einerseits weil es sich nicht mehr lohnt, andererseits weil es zu viel Ärger mit den Behörden gibt. In den neunzehnhundertsiebziger, -achtziger und -neunziger Jahren waren Straßenmusiker bei der Bevölkerung als Künstler sehr angesehen und beliebt, als Künstler, nicht als Bettler. Seit der Invasion von Musikern aus osteuropäischen Ländern ist die Kunst auf der Straße für viele zur Bettelei geworden und etliche Musiker werden nicht mehr so gut honoriert wie früher. Erst vor kurzer Zeit habe ich Nils aus England wieder getroffen, der ist auch schon lange Zeit unterwegs. Die Haare sind grau geworden, aber seine Art hat sich nicht geändert. Immer noch sieht er das Leben mit einer gewissen Bitterkeit. Mehr denn je schimpft er über seine damalige Frau, von der er bereits seit über zehn Jahren geschieden ist und klagt, dass die Kinder nur sein Geld haben wollen. So tingelt Nils schon seit über dreißig Jahren durch die Fußgängerzonen Deutschlands. Er hat immer gezeigt, dass er mit allem und mit allen unzufrieden ist. Ich war auf dem Weg zu einem Konzert in einer großen Kirche – es war wirklich eine Freude, Nils nach so vielen Jahren wiederzusehen – da stand er genau vor der Kirche, in der ich das Konzert geben wollte. Er spielte mit seiner Gitarre, wie immer, als wenn die Zeit stehengeblieben wäre und er keine anderen Lieder dazugelernt hätte. Und so spielte er dort stundenlang Volkslieder und kaum jemand gab ihm etwas oder kaufte etwas. Er erzählte uns, dass seine Frau weggegangen ist, also, die alte Geschichte, die ich schon kannte, und wie sich der Kontakt mit seinen Kindern entwickelt hat. Später, als wir in einem schönen Restaurant was gegessen hatten, sah ich dann, wie Nils seine Sachen einpackte und wegging – ein früh gealterter Mann, der schon über sechzig geworden ist und über dem Leben immer noch sehr verbittert ist. Er hat mir leid getan, er scheint wohl nicht vergeben zu können. In diesen über dreißig Jahren habe ich nie vergessen, dass jede Minute für mich wichtig war, ich wusste, dass Straßenmusik eine Möglichkeit in meinem Leben bot, mich selbst zu entwickeln. Jesus ging damals auf die Straße, ebenso auch beispielsweise Osho, Buddha oder Sai Baba. Der direkte Kontakt mit Menschen, auf improvisierte Art und Weise, kann durchaus sehr nützlich sein, um die Menschen sowie sich selbst besser kennenzulernen. Alles, was ich täglich getan habe, war für mich von großer Bedeutung. Stets war ich bemüht, meine Zeit sinnvoll zu gestalten, indem ich viele Bücher las, irgendwo in einem Café komponierte und zu guter Letzt entstanden während dieser Zeit viele eigene Bilder. Oft bot sich die Gelegenheit, Prominente kennenzulernen, wie beispielsweise Richard von Weizsäcker mit Gattin, Jürgen Möllemann und Künstler, wie zum Beispiel Yehudi Menuhin. Es sind Menschen, die mit

Sicherheit teilweise noch meine CDs zu Hause haben und wer weiß, diese auch ab und zu mal anhören oder über den jungen Brasilianer sprechen. Sie erlebten ihn vielleicht in Stuttgart auf der Königstraße, oder in Frankfurt auf der Zeil, in Brüssel, Luxemburg, Amsterdam, in Zürich oder in Baden-Baden mit seiner Bachtrompete. So ließ und lässt der Brasilianer seine Bachtrompete seit vielen Jahren unter freiem Himmel erklingen, zur Freude der Passanten, zum Ärger von Stadtbewohnern oder Geschäftsleuten, mit der Zeit ertrugen die Bewohner nicht mal mehr einen Mundharmonika-Spieler. Ja, auf der Straße lernte ich interessante Menschen kennen, unglückliche, sehr viele lustige, die sich freuten und die Arbeit der Künstler zu schätzen wussten. Eine dieser Personen war ein Mann, circa 45 Jahre alt, der 15 Jahre lang im Gefängnis saß. Ich hatte ihn in Mannheim getroffen, er erzählte mir sein ganzes Leben, auch wie er im Gefängnis landete, einfach so mitten auf der Straße. Er erzählte ohne Hemmungen, als wäre ich ein alter Freund von ihm, ich glaube, er hat mir Dinge berichtet, die er nicht mal seinem Anwalt erzählt hat. Solch spontane Kontakte auf der Straße machen die Menschen frei und offen für ein vertrauliches Gespräch.

Ein Freund von mir betonte immer wieder, ich sei der Straßenpsychologe der Nation gewesen. Ja, ich habe in diesen dreißig Jahren vielen zugehört und dadurch so manches mitbekommen, habe eine Stadt nach der anderen aufgesucht, dabei täglich bis zu zehn Stunden gespielt, auch bei einer Temperatur von minus zehn Grad. Oftmals habe ich den ganzen Tag in der Fußgängerzone verbracht und bin am Abend irgendwo auf der Autobahn ganz alleine mit einem Buch in der Hand geblieben. Es gab dann niemanden, mit dem ich noch ein schönes Gespräch hätte führen können. Danach, bevor ich mich in meinem Wohnmobil ins Bett legte, folgte immer dasselbe: Zähne putzen in einer stinkenden Toilette, irgendwo in einer Ecke in Deutschland auf der Autobahn, in einem Café, einem Restaurant oder in einer der öffentlichen Toiletten, die oftmals sehr unappetitlich aussahen. Einmal putzte ich meine Zähne in einem feinen Restaurant. Ein Mann war darüber total entsetzt und echauffierte sich: „Na, können Sie das nicht gefälligst zu Hause machen? Sie sind hier in einem Restaurant und nicht im Schwimmbad", woraufhin ich humorvoll konterte: „Ach, ich bin hier zu Hause, die Welt ist mein Zuhause. Außerdem, wo ich pinkeln kann, werde ich wohl meine Zähne putzen dürfen, nicht wahr? Soviel ich weiß, steht nirgendwo geschrieben, dass man seine Zähne in einem Restaurant nicht putzen darf. Oder darf man dort nur seine Fäkalien hinterlassen?" Schon paradox, oder? Der Mann antwortete nicht, holte stattdessen den Geschäftsführer. Nach einem kurzen Gespräch war der Mann beruhigt und ich musste das Lokal verlassen. Ich kam immer mal wieder zu den gleichen Restaurants. Dort habe ich wie früher meinen guten Salat gegessen und hinterher meine Zähne im Toilettenbereich des Restaurants geputzt, um anschließend in Frieden meine Nacht in meinem Mercedes Wohnmobil verbringen zu können. Später dann konnte ich mit meinem Gefährt, mit einer halben Million Kilometer drauf, nicht mehr unterwegs sein, weil es schon völlig verrostet war. Ich musste es dann an einen Schrotthändler für 100 Euro verkaufen. Jetzt fährt es fröhlich im Libanon und ist ganz schön von sich eingenommen. Der Mercedes hat es gut, er war schon was wert, nicht wahr? Der wird noch viele Jahre glückliche Menschen durch die Gegend kutschieren dürfen. Wir waren sehr lange Zeit zusammen, er hat immer mein Leben beschützt und manchmal gerettet. Gott sei mit ihm. Gute Fahrt, lieber Freund. Ich vermisse dich! Nun kommen wir zurück zu dem

Mann, den ich in Mannheim kennengelernt habe und der 15 Jahre seines Lebens im Gefängnis verbrachte. Meine Frage: „Na, haben Sie heute frei?", beantwortete er schmunzelnd: „Klar, ich habe schon seit 15 Jahren frei! Ich komme eben vom Knast, saß dort 15 Jahre lang, jetzt habe ich nur noch zwei Wochen abzusitzen, dann kann ich dieses scheiß Leben hier draußen wieder weiterführen, Arbeit suchen, Miete zahlen usw. ... Ich glaube, ich werde Straßenmusikant, genau wie Sie, so habe ich meine Ruhe, aber wenn die Polizei mich auf der Straße kontrolliert, wird es für mich nicht so gut aussehen wie für Sie. Ich bin eben vorbestraft und so jemand ist hier in Deutschland ein Mensch dritter Klasse, wir können nichts machen und haben schon die Bullen am Hals. Wenn man vorbestraft ist, kann es immer wieder Ärger geben. Aber ich habe heute frei und genieße das Wetter hier in Deutschland, vielleicht ziehe ich nach Spanien, ich hatte früher mal eine Freundin dort." „So lange? 15 Jahre im Knast sind schon eine Leistung. Was ist geschehen?" „Bank überfallen. Ja, ich bin ein Bankräuber und die sind im Gefängnis schon was Besonderes, man hat sofort viele Freunde da drin. Wenn du reingehst mit einer Anschuldigung wegen Sexualdelikten, dann kann die Sache böse ausgehen, vor allem, wenn es was mit Kindern zu tun hat. Da kann sich einer in sein eigenes Fleisch schneiden. Aber die Kumpel in meiner Zelle waren ganz o.k., da kann ich mich nicht beklagen. Nun bin ich froh, heute hier zu sein in dieser schönen Stadt, Mannheim ist ganz in Ordnung. Ja, ein bestimmter Promi mit adeligem Namen war auch hier im Knast. Mann, mit soviel Geld in den Knast gehen zu müssen – dann schon lieber als Bankräuber wie ich reingehen, das sage ich dir. Ich würde dich gerne zu einem Eis oder Kaffee einladen, aber ich habe überhaupt kein Geld, die haben mir was gegeben für meine Zugreise von Limburg hierher, dann bleibt nichts mehr übrig. Aber das Wetter ist toll heute, nicht wahr? Heute Abend werde ich eine Freundin hier besuchen und am Montag muss ich wieder dort sein." „Bank überfallen? Interessant, die meisten Bankräuber wandern nach Brasilien aus." „Das hatten wir auch geplant. Meine Freundin, ich und noch ein Kumpel, hatten zusammen diesen Überfall vorbereitet. Ich hatte damals meine Freundin kennengelernt. Sie hatte zu der Zeit kein Geld und ich besaß auch überhaupt nichts. Eines Tages sprach sie dann einfach so zum Spaß zu mir: „Warum rauben wir nicht eine Bank aus?" Ich überlegte kurz und fragte sie daraufhin: „Ja, warum eigentlich nicht? Wenn es da bei denen so viel Geld gibt und wir überhaupt keins haben, warum nicht einfach so ein bisschen von denen holen?" Der Mann machte eine kurze Pause, schaute in die Menschenmasse, die schnell an ihm vorbeihetzte und äußerte sich wehmütig: „Diese Menschen, die sollten einmal im Leben für mindestens ein Jahr in den Knast gehen, dann würden die jetzt hier nicht wie die Verrückten so schnell an uns vorbeiflitzen. Heute ist mein erster Tag in der Freiheit, der erste Tag hier unter euch und ich denke, ihr seid alle verrückt. Ich bin vorhin auf die Toilette gegangen und konnte nicht pinkeln, weil ich kein Kleingeld hatte. In unserer Gesellschaft brauchst du Knete für alles, sogar zum Pinkeln. Und wenn du kein Geld hast, kannst du nicht einmal pinkeln. Mann, wenn du dann in eine Ecke auf der Straße machst, dann wirst du sogar angezeigt und wenn du Pech hast, womöglich noch als Sexualalverbrecher. Ja, wenn du Pech hast und eine Frau oder ein Kind dich dabei erwischt, wie du dein Geschäft machst, dann bist du dran, die können dich anzeigen." Der Mann schüttelte seinen Kopf, machte so eine Bewegung, als habe er überhaupt nichts verstanden und führte fort: „Glaubst du mir nicht? Ein Kumpel von mir saß bei uns sechs Monate, sechs Monate, weil er dringend pinkeln musste und eine nette Dame ihn angezeigt hatte wegen sexueller Belästigung. Er hat nur gepinkelt, weil es dringend war, und die Dame kam in dem Moment vorbei, erschrak und zeigte den Mann sofort an. Sie hat was anderes behauptet und der Richter gab der "feinen" Dame Recht. Er hätte eine Strafe zahlen können, aber hatte eben kein Geld! Wer nicht mal 50 Cent zum Pinkeln hat, hat auch nicht einfach so locker Geld für die Strafe, er landete bei uns hinter dem Vorhang und lebt immer noch wie ein Vorbestrafter, genau wie ich und andere Verbrecher. Findest du das vielleicht in Ordnung? Als Mann, der sich wie ein Vorbestrafter fühlt, ist sein Leben dahin. So was kann das Ende für einen Menschen bedeuten. Und das nur deswegen, weil er in der Öffentlichkeit gepinkelt hat. Und das nennt sich 'sexuelle Belästigung', ist doch alles nicht mehr normal, oder? Also, was mache ich, wenn ich kein Geld habe? Soll ich in die Hose machen? Soll ich mich verdrücken? Wenn eine Frau mich dabei erwischte und mich anzeigte, also – ich bin jetzt auf Bewährung und das noch für ein paar Tage, dann wäre es schlecht. Wenn bei mir so was passierte, dann bekäme ich Knast für noch weitere fünf Jahre. Ist das zu fassen? Das ist zum Kotzen, nicht wahr? Sollte ich 50 Cent fürs Klo zahlen, wenn ich nur fünf Euro in der Tasche habe und die zum Essen benötige, nicht nur für heute, sondern auch für morgen? Wenn ich in der Stadt zehnmal gehen müsste, dann wären meine fünf Euro weg und ich würde hungrig bleiben. Mann, die Leute sind hier völlig verrückt geworden. Auch in Kaufhäusern oder auf Autobahnen sind solche Typen, die da aufpassen und nur so tun, als würden sie putzen, das ist eine richtige Mafia geworden, und wir müssen alle bezahlen für unsere Notdurft. Weißt du, hier unter uns, im Gefängnis ging es mir so richtig gut. Wenn ich eine Erlaubnis bekäme, da drin bleiben zu dürfen und jeden Samstag und Sonntag weggehen könnte, dann würde ich für immer dort bleiben wollen. Hätte ich immer samstags und sonntags Freigang, um ein paar Freunde besuchen zu können, dann würde ich dort nicht weggehen. Ich habe dort mein Bett, meine Kollegen, unter denen echte Freunde sind. Unter den Beamten habe ich Kameraden getroffen, mit denen ich mich sehr amüsieren kann, und dort zahle ich keinen Cent zum Pinkeln. Essen und Trinken ist auch umsonst, ich benötige keine Versicherung, kein Auto, habe dort kein Parkplatzproblem, keine Sorgen am Arbeitsplatz, keinen Stress mit der Familie. Mann, aber du machst es auch gut. Du gehst auf die Straße, machst deine Musik, kassierst deine Kohle und wenn du eingepackt hast, musst du niemandem 'Auf Wiedersehen' sagen. Du bist ein freier Mensch, Mann. Heute hier, morgen dort, schöne Mädchen an Bord, schöne Mädchen gibt es überall wie Sand am Meer. Was will man mehr? Schau mal diese Leute an, die dort im Café sitzen und denken, dass sie frei wären. Das sind sie nicht. Sobald der Ober die Rechnung bringt, fangen sie an zu meckern, dass alles zu teuer sei, sie kein Geld hätten undsoweiter. Du kannst bemerken, sobald einer aufsteht, rennt er wie verrückt durch die Gegend. Ich habe es vorher ganz genau beobachtet. Es sind alles Neurotiker." Nun wurde er sehr traurig und erzählte weiter: „Weißt du? Mein Mädchen, meine Freundin, die den Banküberfall geplant hatte, weil sie früher selbst in einer Bank arbeitete, sie könnte immer noch auf freiem Fuß sein. Leider ist sie schon tot. Ich habe die gesamte Schuld auf mich genommen. Wir waren zu dritt, haben drei Banken überfallen, die ersten zwei haben uns fast eine Million Mark gebracht, da wollte ich schon aufhören und meine Freundin ermutigte mich: „Na, wieso aufhören? Wir haben bis jetzt alles perfekt gemacht, jetzt rauben wir noch die Bank aus, in der ich gearbeitet habe, da kenne ich mich gut aus, ich weiß alles über diese Bank. Ich weiß, wo sich der Tresor befindet und zu welchen Zeiten wir ihn knacken können, sogar die Kombinationsnummer des Tresors kenne ich. Was wollen wir noch mehr?" „Klar Lisa, du hast Recht", stimmte ich ihr zu, „nun, wenn wir erwischt werden, dann übernehme ich die Schuld von allen. Ihr habt gar nichts damit zu tun. Mir macht es nichts aus, für euch zu büßen." Der Mann machte eine Pause, schaute überall hin, machte sich wieder Gedanken über seine Erzählung, ich merkte, dass er total ruhig war, wesentlich ruhiger, als alle anderen Menschen, die an uns vorbeiliefen, auch seine Haut war sehr zart, viel Energie konnte ich da sehen, und er erzählte plötzlich voller Euphorie. „Ja, mein Freund. Alexander war ein Familienvater und Lisa und ich haben uns über alles geliebt. Alex war geschieden, hatte schon zwei Kinder an der Uni, für die er weiterhin sorgen musste, Studium zahlen usw., also, ich wollte die gesamte Schuld auf mich nehmen, damit die freikommen könnten, falls die Bullen uns erwischten. Lisa hatte früher einen sehr schlimmen Unfall gehabt, der ihr Leben total ruiniert hatte und danach kamen Scheidung und viele Sachen noch dazu, ich habe sie sehr geliebt und für sie hätte ich alles getan, würde es heute immer noch tun. Also, wir hatten alles geplant und gut vorbereitet, ich war Maschinenbauingenieur, war auch in dieser scheiß Uni. Nun, später, nach meiner Scheidung ging alles den Bach hinunter, ich habe alles verloren, alles! Frau, Familie, Kinder, Haus, Auto usw., und als ich Lisa in Trier getroffen hatte, konnte ich wie durch ein Wunder plötzlich alles wieder erreichen. Ich hatte zwar immer noch kein Geld, Haus oder Auto, aber ich war nach so vielen Jahren wieder so glücklich wie nie zuvor. Lisa hatte eine kleine Wohnung in Trier und ich habe bei ihr gewohnt, zuerst für ein paar Tage und dann waren schon sechs Monate vergangen. Alexander lernte ich in Saarbrücken kennen, und der war wirklich in Ordnung. Ich wollte keinen von beiden im Knast sehen und so haben wir unseren Plan durchgezogen. Alles war perfekt geplant, wir hatten schon jemanden für den Geldtransfer nach Brasilien organisiert – an der Copacabana wollten wir unser zukünftiges Leben genießen. Alexander war überglücklich mit unserer Planung, er fühlte sich wie neu geboren. Was sollte schon schief gehen? Fast eine Million hatten wir schon auf die Seite gelegt." Neugierig folgte ich seinen Erzählungen. „Dann kam der große Tag in unserem Leben. Lisa war davon überzeugt, dass im Tresor mindestens zwei Millionen waren. Genau um acht Uhr morgens stürmten wir in die Bank, ich mit einer Granate in der einen und mit einer Kalaschnikow in der anderen Hand. Wir waren ganz in Schwarz angezogen. Wenn du eine Granate in der Hand hältst, musst du gar nicht viel tun oder sagen, alleine bei der Vorstellung einer Explosion der Granate macht sich jeder Mensch in die Hose. Und so war es auch, wir schlossen die Tür ab und brachten draußen ein Schild an 'heute ab 8.30 Uhr geöffnet'. Lisa wusste, dass ihre frühere Bank so was sehr oft gemacht hatte. Die Leute waren schon daran gewöhnt. Den Tresor konnten wir genau um 8.16 Uhr öffnen. Dann ging Lisa nach unten und ich blieb oben bei den Mitarbeitern. Ich war sehr nett zu allen fünf, die da waren. Ich sprach mit ihnen und erklärte, dass sie nichts tun dürften, außer sich gut zu benehmen, gar nicht daran denken sollten, die Polizei anzurufen oder zu alarmieren. Das Geld gehörte sowieso nicht ihnen, sie verstanden mich schon gut. Lisa hatte zwischenzeitlich den Tresor geöffnet und kam mit soviel Geld hoch, dass sie es kaum schleppen konnte. Wir haben alles auf einen kleinen Wagen geladen und versuchten, möglichst unauffällig das Gebäude zu verlassen. Alex kam schnell zu uns und wir luden rasch alles um. Die

Mitarbeiter der Bank hatten wir im Keller eingesperrt, hinter zwei Feuerschutztüren, dort würden die ewig bleiben, falls niemand kommen würde, es gab aus Sicherheitsgründen nur ein Fenstergitter. Ganz gemütlich sind wir weggefahren. Nun, eine alte Dame hatte uns beobachtet und die Polizei alarmiert. Wir sind weggefahren und ein paar Kilometer weiter hatten wir unser Auto gewechselt und ein drittes Auto stand bei einer Werkstatt schon kurz vor der Autobahn für uns bereit. Als wir weggefahren waren, hatte die Polizei bereits ohne zu zögern alle Tunnels und Ausfahrten der Stadt gesperrt und nur auf uns gewartet. Allerdings wussten die nicht, welches Auto wir in dem Moment fuhren. Alex wurde plötzlich zunehmend nervöser und in einem Tunnel geriet er derart in Panik, dass ich gezwungen war auszusteigen, Alex zu beruhigen, um dann wieder weiterfahren zu können. Zu unserem Pech wurden wir genau dort von einer Kamera, die sich im Tunnel befand, beobachtet und aufgezeichnet, so gerieten wir sofort in die Krallen unserer lieben Freunde, der Polizei. Wir kamen alle ins Gefängnis. Nach einem nicht allzu langen Prozess haben wir alles zugegeben, weil ich wusste, wenn wir das Geld zurückgeben würden, könnte unsere Strafe gemildert werden. Gleich bei der ersten Verhandlung hatte ich alles zugegeben. Ich übernahm wie zuvor versprochen für alles die volle Verantwortung und bestätigte, der Kopf der Bande gewesen zu sein – Lisa und Alex hätten nichts damit zu tun gehabt, sie hätten nur meine Anweisungen befolgt, wären sowieso viel zu naiv und hätten mir lediglich dabei geholfen. Also bekam ich 15 Jahre Knast und die beiden jeder zwei Jahre auf Bewährung." Das Leben hinter Gittern schien den Mann geprägt zu haben und nach kurzer Pause setzte er mit unsicherer Stimme seine Erzählungen fort. Dabei stiegen ihm Tränen in die Augen: „Drei Jahre später ist Lisa gestorben, an einem Gehirntumor. Der hatte sie voll erwischt. Wir hätten noch so glücklich werden können. Von da ab war mir alles völlig gleichgültig – im Gefängnis zu sein oder draußen, das war mir alles egal. Alex hatte wieder einen Job als Krankenpfleger bekommen und konnte das Studium seiner Kinder weiter finanzieren, die zwischenzeitlich beide Ärzte geworden sind. Er lebt irgendwo an der Mosel und will keinen Kontakt mehr mit mir haben. Das macht nichts, er war ein braver Junge, heute ist er schon alt und vielleicht total krank, weil er gerne einen Schnaps und viel Bier getrunken und auch jede Menge Zigaretten in die Luft geblasen hatte. Ich verzeihe ihm, dass er keinen Kontakt mehr mit mir haben will, er hat mich auch niemals im Gefängnis besucht. Das alles macht mir nichts mehr aus." Plötzlich strahlte der Mann inneren Frieden aus. „Der Engel der Vergebung hat eine Rose in meinem Herzen eingepflanzt und ich kann jedem Menschen auf dieser Welt verzeihen, auch wenn jemand mir was Schlimmeres getan hat, ich habe gelernt, dass es nichts Schlimmeres gibt, als einem Menschen nicht verzeihen zu können. Im Knast, mein Freund, habe ich gelernt, dass wir, wenn wir jemandem vergeben können, eine Reise durch das Universum machen. Ich habe da drin einen guten Freund, der ist Buddhist und von ihm habe ich vieles mitbekommen. Wenn ich einmal Geld haben sollte, werde ich sofort nach Tibet oder Thailand fliegen, um dort der Spur des Buddhismus zu folgen. Ja, ich habe im Knast vieles gelernt, es war für mich manchmal wie eine Reise in Wundern sozusagen. Es gibt ein Buch 'Ein Kurs in Wundern' vom Greuthof Verlag, kennst du das? Ein Kumpel von mir hat das den ganzen Tag über gelesen und viel darüber erzählt. Also, der Knast war für mich auch eine Schule, ich bin fast fertig mit meiner Knastausbildung, das hätte niemand gedacht. Nun weiß ich nicht, ob ich fähig bin, unter diesen

Verrückten hier draußen wieder leben zu können. Und das eine sage ich dir, mein Freund. Eine sehr wichtige Sache, die ich gelernt habe, heißt, dass Geld nicht glücklich macht. Geld macht weder glücklich noch unglücklich, wie wir das Leben nehmen und wie wir selbst mit uns umgehen können, das macht uns glücklich oder unglücklich, alles liegt in uns selbst. Das Geld ist nur ein Mittel. Sollte ich unglücklich sein, nur weil ich nicht mal 50 Cent zum Pinkeln habe? Ich klage nicht darüber und gehe woanders hin, wo es nichts kostet. Ist das nicht so? Die Banane schmeckt gut, aber wenn wir sie mit der Schale essen, können wir nicht den richtigen Geschmack genießen. So ist es mit unserem Leben. Die Menschen, die da sitzen und schönes Eis essen, die können vielleicht das Leben nicht richtig genießen. Für die ist alles genau wie das Eis, das sie gerade essen, es geht sehr schnell vorbei. Ja, mein Bruder, du machst es richtig, morgen bist du wieder woanders und viele dieser Leute, die hier im Café sitzen und wie Idioten ihr Eis essen, werden morgen immer noch da sein und vielleicht weiterhin dem Geld hinterher rennen und denken, dass man mit Geld Freiheit, Zeit und Glück kaufen kann, völlig verrückt. Die gehören alle in den Knast. Dort habe ich keine Zeit verloren, sondern 15 Jahre meines Lebens gewonnen, denn ich habe mir Gedanken über so viele Dinge machen können. Ich war früher genauso verrückt, jawohl, und das hat mein Leben ruiniert. Nicht meine Frau, nicht meine Scheidung, nicht der Verlust meiner Kinder, sondern ich selbst habe mein Leben ruiniert, wie ein Idiot. In uns selbst liegt unsere Zeit und die Zeit des Glücks, nicht in der Uhr. Um glücklich zu sein, müssen wir es nur wollen. Du kannst jeden Tag in die Kirche gehen und hinterher klagen, dass du zu spät nach Hause kommst. Das liegt an dir! Alle Menschen hier sind immer zu spät. Die versuchen, das eigene Leben zu überholen, die eigenen Schatten zu überspringen. Ich habe die ganze

Schuld des Banküberfalls auf mich genommen, zwei Freunde geschützt und das hat mir gut getan. Wir mögen uns immer noch sehr, ich liebe Lisa noch über alles, auch wenn sie nicht mehr unter uns ist, sie weiß das. Das ist für mich kein Leben, da zu sitzen und den ganzen Tag Eis zu schlecken und hinterher zu klagen, dass man keine Zeit oder kein Geld hat. Das ist für mich kein Leben und keine Freiheit. Die Menschen, die du hier auf der Straße mit so vielen Einkaufstüten in der Hand siehst, die leben unfrei. Und wenn die glauben, sie haben Ferien oder Urlaub, dann stecken die gleich stundenlang in einem Stau, bis sie irgendwohin kommen, und dann geht alles wieder von vorne los. Sie leben wie Tiere im Zoo der Gesellschaft, haben die Fähigkeit verloren zu denken, sind in einem Leben wie im Gefängnis, wie bei mir, nur bin ich nicht freiwillig drin. Die wissen nicht mehr was sie tun und fühlen sich frei, nur weil sie sich gerade mal 30 Minuten im Leben Zeit nehmen, um ein Pistazieneis zu essen. Das sind gefesselte Menschen, die mit ihrem Hintern auf einem Stuhl kleben, die sich einsperren und die Schlüssel wegwerfen, weil sie Angst haben frei zu sein. Man kann vor allem weglaufen, außer vor sich selbst." Der Mann schaute zu mir empor und begab sich wieder auf den Weg mit den Worten: „So ist es, mein Freund! Mach deine Musik weiter, du hast mir lange zugehört, siehst du, du bist frei, andere hätten mir nicht zugehört, weil zwischenzeitlich das Geld in der Kasse nicht geklingelt hätte. Nicht wahr? Mach weiter so. Ich gehe jetzt, nicht weil ich muss, sondern weil ich möchte. Mein schönes Bett im Knast wartet auf mich. Alles Gute, bis eines Tages, aber nicht im Knast, das wollen wir nicht hoffen. Klebe deinen Hintern nicht an den Stuhl, bleib frei. Lass den Engel der Vergebung und des Friedens immer in deinem Herzen fliegen. Da fliegt er gut. Bis dann. Es lebe die Freiheit und ich gehe wieder zurück in meinen Knast."

11 *Alt sein...*

Es gibt viele Menschen,
Die schon alt
Auf die Welt gekommen sind.
Andere dagegen bleiben
Für immer jung.
Egal wie alt wir sind,
Es wird immer jemanden geben,
Der älter ist als wir selbst.
Genießt einfach das Leben,
Alt zu sein ist keine Last,
Sondern ein Privileg.

12 *Thomas und Mariana*

Mariana war ein einfaches Mädchen aus einer Arbeiterfamilie, ohne Beruf, die Hauptschule hatte sie mit großer Mühe geschafft. Sie blieb ein paar mal sitzen und irgendwann hatte der Schulrektor Marianas Gesicht satt. So schenkte er ihr sozusagen den Schulabschluss, um sich von ihr zu befreien. Zum Glück fand sie schon mit 15 Jahren einen Job als Verkäuferin, mit 20 war sie immer noch Verkäuferin. Diese Aufgabe bei der Bäckerei war für sie nicht leicht, oft hatte sie Schwierigkeiten beim Rechnen. Auszurechnen wieviel drei Brötchen und ein Liter Milch kosten, war für sie schon eine große Matheaufgabe. Damit die Kunden nicht zu lange warten mussten, schrie die Besitzerin oft von hinten den Preis für die Kunden. Aber danach kam immer folgende Bemerkung:
"Mariana, warst du nicht in der Schule? Kannst du nicht ausrechnen, was drei oder fünf Brötchen kosten? Mein Gott, und das machst du schon seit fünf Jahren. Was geht in deinem Kopf vor? Du träumst zuviel Mädchen, wach auf, um zu leben."
Die Bäckerei gehörte ihrer Cousine, die sehr viel Geduld mit ihr hatte, sonst wäre sie schon längst rausgeflogen. Eines Tages kam ein gut aussehender Mann, er wollte 100 Brötchen bestellen. Es sollte eine Feier in der Schule geben und die Brötchen waren für die Bratwurst gedacht. Die Chefin war nicht da und die beiden unterhielten sich fast eine Stunde miteinander, ein sehr langes Gespräch und alles nur wegen der 100 Brötchen, schon eine große Leistung, nicht wahr? Der Herr war sehr gebildet und hatte wunderschöne blaue Augen, trug einen feinen schwarzen Boss-Anzug und imponierte Mariana wirklich. An diesem Abend konnte sie

nicht einschlafen, dachte nur an diesen Mann. Tag ein Tag aus wartete Mariana auf den Mathelehrer, der vielleicht wieder Brötchen kaufen würde.

Die Kunden wurden immer weniger, die armen Leute aus dieser Gegend, die armen Arbeiter, die nur einen Hungerlohn verdienten, hatten nicht einmal mehr Geld um ein paar Brötchen zu kaufen.

"Wann kommt er wieder vorbei? Das darf nicht wahr sein, dass er ein Jahr braucht um 100 Brötchen zu essen", sagte sie sich ungeduldig.

Mariana wusste, dass der Herr in einer bestimmten Schule in der Stadt Lehrer war, aber sie wusste nicht genau wo diese war. Und so fing sie an sich zu erkundigen, sie wollte den Mathelehrer unbedingt wiedersehen, das nahm sie sich fest vor, so fragte sie alle Kunden nach dem Brötchenkäufer. Sie erzählte immer wie er aussah und betonte, dass er 100 Brötchen kaufte. Alle lachten darüber, aber keiner wusste, wer der Herr war. Eines Tages kam eine alte Dame herein und da leuchtete dann ein kleines Licht in Marianas Tunnel. So ging die Geschichte weiter.

"Guten Tag Frau Emilia, wie geht's Ihnen heute?"

"Ach Mariana, in diesem Steinzeitalter geht es uns wie der Uhr, immer in kleinen Schritten nach vorn. Das Geld ist schon knapp, die Gesundheit dahin, meine Beine machen mir auch zu schaffen. Aber mit Gottes Hilfe komme ich schon durch. Ach was, mir geht es gut, sehr gut sogar, die anderen sind schon tot und was habe ich noch zu klagen? Die Würmer und der Friedhof wollen mich nicht haben, es scheint so zu sein. Besser wäre schon fast unerträglich in diesem Alter. Weißt du, seit gestern haben wir noch fünf weitere Hunde zuhause, unsere Leni hat Junge bekommen, jetzt wissen wir nicht wohin mit allen 26 Beinen, ja mit der Mutter und mir sind insgesamt 26 Beine zu ernähren, oder?

Ich habe doch Recht, nicht wahr? Willst du eins davon haben? Ich gebe es dir kostenlos, du kannst es bald abholen."

"Danke Frau Emilia, wenn ich heirate, dann gern."

"Was Mädchen. Hast du vor bald zu heiraten? Wieso denn? Du bist doch so glücklich hier mit deinen Brötchen. Das habe ich Gott sei Dank alles hinter mir und würde niemals wieder dieses Affentheater mitmachen. Nein danke, Sex kann ich alleine haben, Hochzeit? Das ist nichts mehr für mich, meine drei Männer sind tot, ich bin noch da und falls noch ein Mann käme, dann wäre das der vierte in meinem Leben. Ich bin mir sicher, der würde auch bestimmt früher als ich gehen. Kein Mann erträgt mich lange. Ich bin aus Eisen geschmiedet, als Kind habe ich fast nur Kürbis gegessen, das ist das Rezept. Den esse ich immer noch jeden Tag. Und was macht der Mann? Also dein Bräutigam, ist er Bäcker? Und wie ist er im Bett? Ach, die Männer sind alle gleich, große Klappe und kleiner Schwanz. Oh, ich sehe schon, da werden viele Brötchen zu Hause gebacken. Du bist ein schlimmes Ding, Mariana, das sehe ich schon. Wann soll die Hochzeit sein? Ich hoffe, dass du mir auch eine Einladung schickst, sonst komme ich nicht."

"Bis jetzt gibt es keine Hochzeit, Frau Emilia, aber ich habe jemanden im Visier. Vielleicht kennen Sie ihn."

"Männer kenne ich nicht mehr, und wenn ich einen schönen Mann sehe, dann mache ich einen Bogen um ihn, ich verliebe mich zu schnell und wer will schon eine Oma von 91 Jahren haben, dafür bin ich schon zu alt. Rate mal wie alt ich bin?"

Das fragte Frau Emilia fast jeden Tag und Mariana machte immer gute Politik mit der Dame.

"Ich muss überlegen, Frau Emilia, ich weiß es nicht mehr, aber ich schätze so um die 41 oder 51 Jahre, maximal 62, kann das sein? Mehr glaube ich nicht. Es wäre toll, wenn sie was davon wüsste."

"Ach Mariana, du hast meinen Tag heute gerettet, vor 50 Jahren war ich schon 41 Jahre alt. Ich bin sehr alt aber sehr robust, könnte noch viele Brötchen backen. Es fehlt nur der richtige Bäcker an meiner Seite, ich bin sozusagen noch aus dem alten Katalog von Beate Uhse. Mariana, mich kann man noch bestellen, aber keiner ruft an."

Mariana lachte ohne Ende und alle andere Kunden mussten warten. Sie hörten gern der alten Dame zu, und keiner beschwerte sich wegen der Wartezeit. In Deutschland ist es anders, wenn eine Bedienung sich ein paar Sekunden mit jemandem unterhält, dann gibt es schon Ärger. Oft kommt bei uns solch eine Streiterei, egal wo wir sind. Zum Beispiel.

"Na, kommen Sie, hier ist keine Arztsprechstunde, geben Sie mir bitte mein Brot oder ich gehe weiter."

"Nein, mein Herr, ich komme zuerst, Sie sind nach mir gekommen. Bitte, ich möchte zwei Käsebrötchen und dieser Herr soll woanders hingehen, wenn er keine Zeit hat."

Ist es nicht so, bei uns in Deutschland? Alles muss zack zack sein, aber bei Mariana in Brasilien, war es ganz anders. Sie bediente jeden Kunden mit viel Liebe und jeder nahm sich die Zeit, egal wer. Die alte Dame war pensioniert und hatte Zeit, sie unterhielt sich immer mal gern mit Mariana. Die anderen Kunden redeten auch fröhlich mit ihr. Wenn man Zeit hat oder sich nimmt, ist das Leben doch ein bisschen schöner und menschlicher. Haben wir nicht einmal Zeit, um gemütlich Brötchen zu kaufen, dann sind wir wirklich am Ende. Wir sind in einer Sackgasse angekommen. Wir wollen alle doch glücklich sein in unserer modernen Gesellchaft, oder? Aber Zeit dafür haben wir nicht mehr. Ein altes Sprichwort aus Brasilien lautet:

"Wer keine Zeit und Geduld hat und nicht warten kann,

der isst zu heiß und kann das Essen nicht genießen. Oder?"
Und so ist es, wer nicht warten kann, muss seine Brötchen
heiß essen, nicht wahr?

Mariana wollte Frau Emilia noch fragen, ob sie den Herrn,
den hübschen Mathelehrer kenne, aber das wollte sie nicht
vor allen Leuten tun. Die Dame verabschiedete sich höflich.

"Mariana, ich wünsche dir alles Gute, und bis bald."

"Nein Frau Emilia, warten Sie noch ein bisschen, ich muss
Sie etwas fragen, bitte nehmen Sie Platz, trinken wir einen
Kaffee zusammen? Ich habe jetzt sowieso eine Pause, kurz
vor dem Mittagessen kommt niemand mehr und ich mache
bald zu."

"In Ordnung Mariana, ich habe Zeit, meine Männer sind sowieso schon im Grab, ich muss für niemanden mehr kochen,
waschen oder putzen, ich bin so frei wie ein alter Vogel, der
nicht mehr fliegen kann und muss zu Fuß gehen. Was will
man mehr? Nicht mal eine Steuererklärung muss ich machen. Ist das nicht schön? Alt zu sein ist etwas besonderes,
Mariana, man muss manchmal ein Bein vor das andere
schieben, aber mir geht es gut, verdammt gut. Ich könnte
noch die Hüllen fallen lassen, aber keiner will diese alte
Zwiebel haben. Es fehlt der Richtige an meiner Seite. Ich
warte hier, mach alles langsam. Du kannst alle deine Kunden in Ruhe bedienen, ich warte hier, bis du fertig bist."

Frau Emilia blieb im Café und konnte sehen, wie Mariana
alle Kunden freundlich bediente, das war immer so bei dem
Mädchen, stets gute Laune und geduldig, das faszinierte
Frau Emilia sehr! Ja sie war ein nettes Mädchen, das einen
guten Mann verdiente, der sollte bald kommen. So dachte
die alte Dame und beobachtete Mariana weiter.

"Wollen Sie noch einen Kaffee, Frau Emilia?", fragte Mariana, die jetzt jede Zeit der Welt hatte.

"Nein Mariana, Kaffee trinke ich nicht, ich möchte mich

nicht umbringen, und diese Chemikalien wie Süßstoff nehme ich auch nicht. Ich habe nie in meinem Leben Kaffee getrunken, meine Männer schon, alle haben sehr viel davon getrunken, literweise am Tag. Siehst du? Die sind schon alle unter der Erde. Sie haben auch sehr viel Stress im Leben gehabt. Einer war Lehrer, der andere Geschäftsmann und der letzte Pilot. Stress ohne Ende und zum Kaffee kamen noch Zigaretten und Alkohol. Das ist die beste Kombination für einen frühen Tod. Das sage ich dir, mein liebes Kind. Trink lieber genügend Wasser am Tag. Ab und zu mal ein Wodka schadet niemandem, sagte schon meine Oma aus Russland."
Dann lachten die beiden fröhlich.
"Bei meinen Eltern gab es auch nur Tee, grünen Tee, mein Vater trank gern schwarzen Tee, ich nicht, der ist mir zu bitter. Aber zuviel schwarzer Tee ist auch ungesund, sagt mein Arzt, der Tee erschwert die Aufnahme des Eisens im Körpers. Vor allem Frauen sollten nicht zuviel Schwarztee trinken. Keine Ahnung, ob mein Arzt Recht hat, aber er ist schon 70 Jahre alt und noch gut in Form. Ich trinke gern grünen Tee aus Süd-Brasilien, die sagen dazu Chimarron. Der ist sehr gesund und dadurch wird man 100 Jahre alt. Noch ein paar Jahre dann bin ich so alt. Mein Gott, man braucht jede Menge Geduld, um weiterhin auf der Erde zu bleiben. Die Menschen werden immer ungeduldiger und die Kinder immer frecher. Die Welt ist nicht mehr dieselbe. Aber es ist schon alles in Ordnung, ich habe meine Rente, mein eigenes Haus, meine Hunde. Was will ich noch mehr? Alles unter Dach und Fach.
Wenn ich einmal tot bin, müssen sowieso andere meinen Sarg tragen. Ich habe schon genug im Leben getan und erlebt. Wenn ich tot bin, werde ich ganz brav liegen und lachen darüber, dass die blöden Männer meinen Körper tragen müssen. Ist das nicht so, Mariana? Humor muss man haben,

sonst sind wir nicht mal einen schönen Sarg wert. Einer meiner Männer baute sich sogar seinen eigenen Sarg selbst. Er stellte ihn in den Keller und wartete, bis der Tod kam, denn der kommt ganz bestimmt. Mein Mann meinte, ein Sarg wäre viel zu teuer und er als Handwerker baute einen sehr schönen, der passte perfekt. Er sagte dazu noch:

'Wenn ich nach meinem Tod in eine Kiste gelegt werde, dann muss sie auch gemütlich sein. Ich möchte keinen Sarg von Ikea oder OBI, in den ich vielleicht nicht passe und in dem ich mich jahrelang quälen muss.'

Drei Monate nach dem Sargbau starb er plötzlich an einem Herzinfarkt. Ich konnte es kaum glauben. Dann haben wir ihn in seinem selbstgebauten Sarg zum Friedhof gebracht und dort begraben. Das Bestattungsinstitut wollte das nicht, das wollte den eigenen Sarg verwenden. Kannst du mir das glauben, Mariana? Klar, die wollen immer Geld verdienen, immer gute Geschäfte machen. Das ist so, als wenn man in ein Restaurant sein eigenes Essen mitbringt. Ist es nicht so, Mädchen? Aber ich sagte klipp und klar: Entweder mein Mann geht in seinem eigenen Sarg in die Erde, den er selbst mit Liebe gemacht hat, oder der Körper bleibt bei uns zuhause, bis der Gestank nicht mehr auszuhalten ist, Sie tragen die Verantwortung dafür. Dann erledigten sie alles. Mein Gott, sogar wenn man mausetot ist, geht es immer darum große Geschäfte zu machen."

Mariana hatte schnell einige Kunden bedient und saß nun gemütlich mit Frau Emilia in einer kleinen Ecke, hinter der Eingangstür. Der Tag war sehr sonnig, wunderschönes Wetter, mit Temperaturen von 21 Grad. Im Fernseher lief gerade die Fußball-Weltmeisterschaft und Frau Emilia war bestens informiert.

"Ach ... unsere Brasilianer taugen für gar nichts mehr, die spielen so schlecht, Fußball ist kein Ballett, die müssen sich bewegen und nicht nur da bleiben wie kleine Idioten. Schau mal den Ronaldinho an, er verdient sein Geld im Schlaf, er schläft auch die ganze Zeit im Stadion. Der Ball kommt an ihm vorbei und er ist nicht bereit ihm hinterzulaufen. Der guckt nur und die anderen müssen arbeiten, so geht es nicht weiter. Klar, wenn man schon so viel Geld hat, warum sollte man den ganzen Tag hinter einem Ball herrennen und sich mit den anderen streiten, man kann gleich zuhause bleiben und alles im Fernseher anschauen. Das ist so! Was denkst du, Mariana? Nein, unsere Fußballspieler vedienen viel zu viel Geld, nicht wahr? Kein Mensch auf der Welt bekommt soviel wie die, aber was wolltest du fragen, Mariana?"

"Na ja, Frau Emilia, vor ein paar Wochen war hier ein gut ausehender Mann, er ist Mathelehrer irgendwo in der Schule. Er kaufte 100 Brötchen und kam seitdem nicht mehr wieder. Schade drum, den würde ich mir gern schnappen. Kennen Sie ihn? Seinen Namen weiß ich nicht, aber der sieht toll aus. Er hatte eine Ledertasche, auf der stand Milano. Wer könnte das sein, Frau Emilia?"

"Warum hast du ihm gleich 100 Brötchen verkauft und nicht nur eins, so hätte er hundert Tage zu dir kommen müssen, das ist so, oder?"

Die beiden lachten sich tot. Frau Emilia hatte ja Recht. Das Gespräch ging weiter und die alte Dame erklärte:

"Ach mein Kind. Und ob ich ihn kenne, das ist mein Neffe, die Tasche hat mein Mann ihm geschenkt, als er in Italien war. Finger weg von ihm, er hat überall Frauen, der ist noch zu haben, aber ein richtiger Frauenheld, ein Casanova, Herzensbrecher, fast ein Gigolo, das sage ich dir. Aber ein guter Junge, ich liebe ihn. Wenn du was von ihm willst, dann musst du Schlange stehen und warten. Alle Frauen der Stadt sind hinter ihm her. Klar, wenn man so gut aussieht! Sogar seine Schülerinnen sind hinter ihm her und deshalb hatte er schon einige Male Ärger in der Schule, irgendwann fliegt er raus. Der Schuldirektor ist sein bester Freund, aber der kann auch nicht alles vertuschen und immer ein Auge zudrücken. Ich denke, er sucht immer noch die richtige Frau, aber diese ist bisher nicht in seinem Leben aufgetaucht, es muss so sein. Er sucht weiter und ist dabei sehr fleißig. Vielleicht wartet er auf dich, Mariana. Wer weiß, nur Gott weiß es."

"Das wäre schön, Frau Emilia, ich habe noch nie in meinem Leben so einen Mann gesehen. Seitdem träume ich nur von ihm."

"Klar, Mariana, von meinem Neffen gibt es einfach keine Kopie, er ist einzigartig, du wirst es sehen."

"Ja, so ist das! Aber ich denke, er könnte auch ein sehr guter Vater werden, meiner war auch so. Mein Vater war elegant, auch ein Frauenheld, leider ist er zu früh gestorben. Würde er gut zu mir passen, Frau Emilia? Ich meine Ihren Neffen."

"Du siehst sehr gut aus und die Kinder würden schon sehr hübsch werden, aber rechnen kannst du nicht und er ist Mathelehrer. Vielleicht ist es besser so. Einer backt Brötchen und der andere rechnet alles zusammen, am Schluss stimmt das Geschäft. Eure Kinder würden attraktiv sein, das sage ich dir, Mariana. Bist du in ihn verliebt?"

"Ich weiß es nicht ganz genau, Frau Emilia, aber er hat mir schon imponiert. Seit er hier war, kann ich gar nicht mehr richtig schlafen, ich habe so ein Gefühl im Bauch, was soll das sein, Frau Emilia? Ich habe ihn nur einmal gesehen, aber ich habe keine Ruhe mehr."

"Das ist Liebe, Mariana, du bist verliebt und verloren und basta. Weißt du, am Sonntag kommt er mal wieder kurz zu mir zum Mittagessen, wenn du willst, komm auch. Du kannst mir in der Küche helfen, ja du bist herzlich eingeladen, wir würden zu dritt essen."

"Ja, das mache ich gern, Frau Emilia, dann komme ich am

Sonntag zu Ihnen, ach ich freue mich so sehr darauf."
"Weißt du, wo ich wohne? Nicht weit von hier."
"Frau Dr. Emilia, jeder weiß, wo Sie wohnen."
"Keinen Doktortitel bitte, ich bin schon seit 30 Jahren in Pension und damit ist der Titel auch in Pension gegangen, ich bin ganz einfach Emilia und freue mich, dass diese stressigen Jahre in der Klinik vorbei sind. Mein Gott, ich habe in meinem Leben soviel gearbeitet, aber es war auch eine schöne Zeit. Dann bis Sonntag, mein Kind. Gott sei mit uns und erlaube, dass ich meine Brötchen weiterhin selber backen kann, aber es scheint so, dass mein Tag bald kommen wird. Die Beine machen nicht mehr mit. Eine alte Schachtel bin ich geworden."

Mariana war überglücklich wegen der Einladung, diesen Mann wiederzusehen wäre die Chance vielleicht eine Beziehung mit ihm einzugehen, sie hätte gern einmal an seiner Seite geschlafen und ihm frühmorgens frische Bröchten serviert. Nun, das wäre wirklich ein richtiger Mann für sie, aber er war Lehrer und sie nur eine Brötchenverkäuferin. Doch was soll's, sie könnte in die Abendschule gehen und ihr Abi nachmachen und vielleicht später studieren, was sie jetzt gern wollte. Nun, im Moment waren weder Zeit noch Geld dafür vorhanden. Außerdem war sie früher in der Schule nicht gut, sie hatte den Schulunterricht nie ernst genommen, es war alles sehr langweilig gewesen, und die Lehrer waren nicht gerade interessiert daran gewesen, ob die Kinder wirklich lernten oder nicht.

Jetzt hatte sie aber wieder eine Motivation in die Schule zu gehen und ihr Abi nachzuholen. Noch am gleichen Tag ging sie zur Abendschule und erkundigte sich, ob sie bald anfangen könne. Sie meldete sich für das nächste Schuljahr an. Ihre Mutter wunderte sich, dass Mariana dies wollte. Sie machte sich auch Sorgen, denn wenn das Mädchen nicht mehr arbeiten gehen wollte, würde das Geld fehlen, das sie verdiente, was wichtig für den Familienunterhalt war.

"Anstatt in die Schule zu gehen, solltest du lieber nach einem Mann schauen, du solltest bald heiraten und Kinder bekommen. Langsam wirst du zu reif für die Männer hier, irgendwann ist der Zug für dich abgefahren, Mariana. Die Männer wollen nur junge Erbsen auf dem Teller haben, du bist schon 20 Jahre alt, schau, dass du bald den richtigen Mann bekommst, die Konkurrenz schläft nicht. Noch zwei Jahre, dann bist du schon auf der Ersatzbank. Leider ist das so bei uns. Mit 30 kannst du es vergessen. Dann kannst du einen Platz im Tanten-Club besorgen und trallala singen."

Die Mutter sagte oft Blödsinn, hatte die Weisheit nicht mit Löffeln gegessen. Sie saß den ganzen Tag vor dem Fernseher und schrie herum. Mariana und ihre Geschwister mussten alles im Haus machen, waschen, kochen, putzen und bügeln. Alles musste perfekt sein, die Frau war wirklich wie ein Diktator. Mariana war in der Küche und die Mutter schrie weiter wie am Spieß.

"Mariana, am Sonntag kommt dein Cousin aus Nord- Amerika zu uns, wie du weißt, ist er noch gut in Form und nicht verheiratet. Klar, er ist schon über 40, aber wer weiß, ob er dich nicht mitnehmen will. Das wäre was für dich, oder?"

"Mama, das ist mein Cousin, denkst du ich gehe mit dem irgendwohin? Weder nach Amerika noch ins Bett, wenn du das meinst. Männer sind keine Arbeitgeber. Hast du das immer noch nicht kapiert?"

"Mädchen, so redet man nicht mit seiner eigenen Mutter, wer sagt, dass du mit ihm sofort ins Bett gehen musst, das kommt später, wenn ihr verheiratet seid."

"Nein Mama, ich habe schon was vor, am Sonntag bin ich nicht hier bei euch, Punkt aus. Mein Cousin kann seine Brötchen woanders essen. Ich habe kein Interesse an ihm und das habe ich ihm schon tausend Mal gesagt, als er vor zwei Jahren hier war. Damals hat er angefangen mich zu betatschen. Das war eine Frechheit und er versuchte mich zu küssen etc. Es war schon eine sexuelle Belästigung, er kam sogar nachts in mein Zimmer und wollte mit mir was anfangen. Nur damit du es weißt. Außerdem ist der bi, ja, dein lieber Neffe ist bisexuell. Nein Mama, daran habe ich kein Interesse. Du kannst ihn haben, du bist sowieso noch frei, ich nicht. "

"Am Sonntag wirst du hierbleiben und so lange du in meinem Haus wohnst und an meinem Tisch isst, wirst du machen, was ich dir sage. Sonst kannst du gleich deine Koffer packen und weggehen, ist das klar, Mädchen? Am Sonntag kochst du für uns alle und dein Cousin ist extra wegen dir hier. Aber gib Acht, er ist Vegetarier, der isst kein Fleisch, keinen Fisch, kapierst du? Irgendwas mit vegan ist er auch. Besser so, da können wir jede Menge Geld sparen, ich habe jetzt sowieso keins mehr. Am Monatsende ist die Kasse immer leer. Hast du ein bisschen Trinkgeld bekommen? Ich muss was besonderes für Sonntag kaufen. Kannst du ein paar Stücke Kuchen von der Bäckerei mitbringen? Das wäre gut. Du kümmerst dich Sonntag um deinen Cousin, ich möchte nichts anderes mehr hören. Wenn er fragt, ob du mit nach Los Angeles gehen willst, sagst du einfach ja. So naiv darfst du nicht sein, eine bessere Partie bekommst du hier sowieso nicht. Da drüben kannst du Englisch lernen und dein Leben genießen. Es ist bestimmt besser, als in dieser verlassenen Gegend zu bleiben, hier hat ein hübsches Mädchen wie du doch keine Zukunft. Wir sind am Ende der Welt und wenn sich die Chance ergibt wegzugehen, solltest du Gott dafür danken und dich nicht so dumm anstellen. Sei nicht so blöd wie eine Kuh auf der Wiese, die nur Muh und Mäh versteht. Der ist in dich verliebt, das reicht vollkommen. Wach auf Mädchen, das ist deine Chance dein Leben zu ändern. Was willst du? Willst du dein ganzes Leben Brötchen verkaufen und als Verkäuferin in Rente gehen? Die Schule war auch nichts für dich, du bist nicht dafür geboren zu lernen und jetzt willst du wieder da hingehen, vergiss es. Dein Kopf reicht nicht aus. Ich weiß nicht, woher du soviel Dummheit hast. Aber nicht von mir, vielleicht von deinem Vater. Mariana, pack dein Leben an, der Zug fährt vorbei, du bleibst stehen und schaust die Bäume an. Mein Gott, wenn ich, als ich mit dir schwanger war, gewusst hätte was kommt, hätte ich keine Kinder mehr gemacht. Ihr habt nur Scheiße im Kopf."

"Mama, mein Cousin kann woanders seine Frau suchen, wenn er frech wird, dann hole ich die Polizei, das verspreche ich dir."

"In Ordnung Mädchen, du hast die Wahl. Wenn du nicht da bist, kannst du dir am Montag eine andere Bleibe suchen. Wenn meine eigene Tochter so ungezogen ist, dann verdient sie auch keinen Platz in meinem Haus. Du kannst schon eine Wohnung für dich suchen. Deine jüngste Schwester heiratet sowieso bald, dein Zimmer könnten wir dafür sehr gut gebrauchen. Sie hat zumindest einen guten Mann gefunden. Du wist niemals einen gescheiten Mann finden, weißt du warum? Weil du arrogant bist, eingebildet, ein Dummkopf und ein Egoist, genau wie dein Vater. So ist das!"

"Sprich nicht so über meinen Vater, der ist schon tot und du hast ihn soweit gebracht, dass er früh sterben musste. Du hast Gift auf der Zunge und im Herzen, Mama. Du kannst mich nicht plötzlich auf die Straße setzen, nur weil ich Sonntag nicht hier sein möchte und kann. Ich habe was anderes, sehr Wichtiges vor. Vergiss es! Ich habe eine Verabredung mit Frau Emilia, sie braucht mich, und ich gehe hin, um ihr zu helfen."

"Deine Mama braucht deine Hilfe auch, Schluss, basta. Diese eingebildete Ärztin kann warten oder jemand anders finden, sie braucht dich nicht, aber ich. Keine Diskussion mehr. Bring den verdammten Kaffee für mich, hast du immer noch keinen gemacht? Man spricht mit dem Mund und nicht mit den Händen, kannst du nicht zwei Sachen auf einmal machen? Mein Gott, das ist mir zuviel. Und diese Frau Emilia! Warum hat diese Frau keine Kinder bekommen? Drei Männer und kein einziges Kind auf die Welt gebracht. Sie war viel zu eingebildet dafür, das sage ich dir. Na ja, Frau Doktor, entschuldigen Sie, Frau Doktor! Wenn ich die sehe, geht mir das Messer in der Tasche auf. Bald wird sie schon 100 Jahre alt, ist immer noch da. Mein Gott, das ist ein Unkraut, sage ich dir. Den Kaffee kannst du selbst trinken, ich habe keinen Bock mehr drauf. Du hast meinen Tag verdorben, das ist immer dasselbe mit dir. Verdammt noch einmal Mädchen, was hast du im Kopf, lauter Brötchen, sonst gar nichts. Lass mich in Ruhe. Gehe eine Runde laufen, das wird gut für deine Figur sein, aber lass mich bitte in Ruhe. Am Sonntag bist du hier, und das möchte ich nicht noch einmal sagen. Ist das klar?"
"Nein Mama, es ist überhaupt nichts klar!"
"Halt den Mund, sonst verpasse ich dir noch eine."
"Ich bin noch nicht fertig. Das ist mir nicht klar und ich werde nicht da sein, auch wenn ich am Montag auf der Straße schlafen muss, aber du musst mit mir am Sonntag nicht rechnen, meine Geschwister sind hier und die können für dich kochen und deinen Hintern putzen. Wir bedienen dich von vorn bis hinten, du tust gar nichts mehr im Haus, du bist mit deinem Fernseher verheiratet, hast nur diesen Mist im Kopf, wir können mit dir über gar nichts mehr reden. Mein Gott, ich werde froh sein, wenn ich nicht mehr in diesem Haus wohnen muss. Ich hoffe bald einen Mann

zu treffen, um weggehen zu können. Das reicht mir. Einen Mann ja, aber nicht einen Schwulen wie meinen Cousin."

"Du wirst hier sein, das ist mein letztes Wort. Ich bin nicht wie dein Vater, was ich sage gilt."

"Es reicht mir, ich werde freiwillig gehen."

Mariana verließ das Haus und weinte den ganzen Tag, sie ging am Fluß entlang und schrie wie wild.

"Das kann nicht wahr sein, dass meine Mama so viel Krach macht, nur wegen dem Cousin, der nicht mal einen richtigen Job hat."

Ein Herr, der auch unterwegs war, beobachtete das weinende Mädchen und machte sich Sorgen um sie.

"Warum weinen Sie, Mädchen? Ist jemand gestorben? Oder ist der Frosch ins Wasser gefallen?"

Mariana erschrak und schaute nach hinten. Plötzlich stand der Mathelehrer dort.

"Scheiße, das auch noch ...", murmelte sie.

Sie wollte weglaufen, jetzt war vielleicht alles kaputt, er hatte gesehen, wie sie weinte und schrie. Bestimmt würde er denken, sie wäre ein bisschen ballaballa. Welcher Mann will mit so einer Frau etwas anfangen? Er hätte bestimmt kein Interesse mehr an einer Frau, die irgendwo herumläuft und weint wie eine Verrückte.

"Was ist passiert, mein Kind, warum weinen Sie? Ist jemand gestorben? Eine Sechs in Mathe kann nicht so schlimm sein, oder?"

"Nein, aber die wäre besser gewesen, meine Mutter macht mich verrückt und fertig. Seit mein lieber Vater gestorben ist, macht sie unser Familienleben zur Hölle. Am Sonntag habe ich einen wichtigen Termin und sie erlaubt nicht, dass ich weggehe, sie will mich vor die Tür setzen. Das ist nicht fair, wir tun alles im Haus, mein ganzes Geld muss ich abliefern, sonst gibt es Krach, sogar das Trinkgeld, das ich in der Bäckerei bekomme, will sie haben. Ich gebe ihr alles was ich verdiene, am Ende kann ich mir nichts kaufen, habe die letzten Sachen an. Meine jüngste Schwester ist 18, sie bekommt alles, darf sogar Klavierunterricht nehmen, die anderen Geschwister müssen dafür arbeiten. Ich habe keine Lust mehr zu bleiben, aber wohin? Das Leben ist Scheiße, Scheiße, nochmal Scheiße, ich habe keinen Bock mehr, ich will meinen Papa wiederhaben. Tut mir leid, Herr Professor, das wollte ich nicht sagen."

"Sie haben Recht, das Leben ist wirklich Scheiße. Ach, entschuldigen Sie bitte, das wollte ich wirklich nicht aussprechen. Aber warum sagen wir nicht zusammen ganz laut. 'Das Leben ist Scheiße.' Na, kommen Sie, ich zähle bis drei und wir schreien zusammen. Also, eins, zwei drei ..."

"Das Leben ist Scheiße ...", schreien Sie mit.

So schrien die beiden mit voller Kraft, so dass viele Leute die vorbeiliefen mitmachten und plötzlich alle zusammen brüllten: "Das Leben ist Scheiße!"

Mariana und der Mathelehrer mussten lachen, der ganze Kummer war weg, er lachte wie ein kleines Kind und rannte überall herum, schrie laut weiter:

"Das Leben ist Scheiße ."

Mariana konnte nicht glauben, dass dieser feine Herr, der vor ihr stand, wirklich der Mathelehrer war. Der war heute ganz anders angezogen, er trug keinen eleganten Boss-Anzug mit gelber Krawatte, er war sehr jugendlich gekleidet, so wie ein junger Mann mit 20. Noch ein Grund mehr, sich in ihn zu verlieben. Die beiden unterhielten sich am Fluss bis der Abend kam, der Mond schien und die Sterne dufteten nach Liebe. Der Abend wurde kälter und Mariana fror ein bisschen. Thomas, der Mathelehrer, zog seine Lederjacke aus und legte sie zärtlich über Marianas Schultern. Er schaute ihr in die Augen und dachte:

"Diese Frau hat etwas besonderes an sich. Aber wirklich!"
Ohne zu zögern küsste er Marianas Mund so zart und mit so
viel Gefühl, dass das Mädchen fast ohnmächtig wurde. Die
beiden liefen nebeneinander nachhause und sprachen sehr
wenig. Nur die Sprache der Liebe und Zärtlichkeit war hör-
bar. Als die beiden näher zu Marianas Haus kamen sagte
Thomas:
"Gute Nacht, Mariana. Morgen hole ich wieder 100 Brötchen
bei dir. Ich habe so einen Hunger auf deine Brötchen."
"Warum hundert auf einmal, am besten du holst jeden Tag
eins, dann hast du bald alle zusammen. Du bist schon lange
nicht mehr dagewesen. Wo warst du?"
"Hast du mich vermisst, Mariana?"
"Ja, sehr ... Keiner kauft auf einmal so viele Brötchen wie du.
Unser Umsatz ist ohne dich in den Keller gegangen."
Das war ein Grund zu lachen und sich wieder zu küssen.
Wenn man verliebt ist, ist die Sprache der Liebe und das Lächeln da, das so gut tut.
"So Thomas, hier wohne ich, es ist besser, dass meine Mama
dich nicht sieht, und nicht merkt, dass wir zusammen sind,
sonst könnte ich morgen schon auf der Straße sein."
"Mach dir keine Sorgen, wenn es soweit kommt, dann
kannst du bei mir wohnen, ich habe so viel Platz im Haus,
dass ich nicht weiß, wohin ich gehen soll. Außerdem habe
ich einen Backofen, der schon seit Jahren außer Betrieb ist.
Eine gute Hand für warme Brötchen könnte ich gut im Haus
gebrauchen, willst du ihn sehen?"
"Ist das eine Einladung zu dir nachhause zu kommen? Wie
oft haben bei dir fremde Frauen schon Brötchen gebacken,
jede Menge, oder?"
"Ach, nicht viele, vielleicht zwei- oder dreitausend."
"Ja, du bist in der Stadt bekannt dafür, soll ich die 2001 oder
3001 werden? Das mache ich gern. Ok, gehen wir, bevor

meine Mama nach mir schreit. Die Nachbarn können das bald nicht mehr hören. Aber ich habe nichts dabei, nicht mal eine Zahnbürste."

"Kein Problem. Ich habe alles da. Für dich nehme ich eine Zahnbürste von meinem Hund, er hat bestimmt nichts dagegen. Einen Schlafanzug kannst du von meiner Tante Emilia nehmen, sie übernachtet manchmal bei mir und schnarcht so laut, dass ich nicht schlafen kann. Komm, gehen wir, es wird kalt und morgen muss ich in die Schule."

Und so gingen Mariana und Thomas zusammen, Arm in Arm, durch die Straßen. Bald blieben sie vor einer wunderschönen Luxus-Villa stehen. Thomas kam aus einer sehr reichen Familie, die sehr weit weg wohnte. Die beiden gingen rein und konnten kaum erwarten ganz allein zu sein. Die Kuckucksuhr aus der Schweiz schrie ganz laut und kündigte an, dass es Zeit für die Kinder war ins Bett zu gehen. So gingen die beiden ins Bett und liebten sich unendlich. Mariana war noch Jungfrau und fühlte sich wie im Paradies mit dem geliebten Mann an ihrer Seite. Am frühen Morgen gab es wirklich frische Brötchen auf dem Tisch. Die hatte aber nicht Mariana gebacken, sondern Thomas war schon um fünf Uhr aufgestanden, um die Brötchen zu backen, er musste um neun Uhr in der Schule sein. Mariana wachte auf, vor ihr stand ein langer Tisch mit feinen Sachen, die sie schon lange nicht mehr gegessen hatte. Die beiden frühstückten und Thomas rief in der Schule an, teilte mit, dass er Angina habe und deshalb nicht kommen könne. Der Schuldirektor lachte darüber und meinte:

"Angina? Die letzte hieß eigentlich Claudia, die andere Maria, Josefina, Susanna usw., jetzt hast du eine Angina am Hals. Du bist unverbesserlich, Thomas. In Ordnung, ich übernehme deinen Unterricht. Du schuldest mir was, ok ?"

Und so wurde der Tag wieder zur Nacht, die beiden liebten

sich wie zwei Engel aus Beate Uhses Himmelreich. Nun, bei jeder Geschichte gibt es immer auch etwas Trauriges. Als Thomas und Mariana am Abend im Wohnzimmer waren, teilte der Mathelehrer mit, dass er in zwei Monaten nach Italien gehen müsse. Er hatte sich an der Uni von Neapel gemeldet, ein Stipendium bekommen und wollte dort zwei Semester studieren. Mariana war schockiert, nein, das durfte nicht wahr sein. Der Mann, welchen sie liebte, musste schon wieder weggehen. Sie dachte: Ja, ich bin wirklich nur die Nummer 2001 gewesen, es konnte nicht anders sein. Mariana fing an zu weinen und Thomas wusste nicht, was er machen sollte und sagte:
"Mariana, sei nicht so traurig, ein Jahr geht schnell vorbei, ich liebe dich, Mariana. Es fällt mir sehr schwer das zu sagen."
"Nein, Thomas, du hast gewusst, dass du weggehen musst, ich war nur die Nr. 2001, eine mehr in deinem Bett. Du kannst gehen, ich bleibe hier allein mit meinen Brötchen."
"Nein Mariana, du gehst mit mir. Willst du meine Frau werden? Ich liebe dich, Mariana und möchte dich heiraten, am besten morgen schon."
Mariana fiel fast um, den Mathelehrer heiraten? Das war es, was sie sich immer wünschte. Sie schaute ihm ganz tief in die Augen und sagte ja. Die beide küssten sich endlos und das Bett musste wieder seinen Dienst leisten. Die Vorbereitung für die Hochzeit ging sehr schnell. Mariana war froh einen so netten und zuverlässigen Mann zu bekommen. Thomas war schon ein älteres Semester, bereits 52 Jahre alt, aber noch fit und voller Energie. Er spielte Tennis und hatte gute Kontakte. Aber alles was er machte wurde pingelig gemacht. Die Hochzeit wurde bis ins kleinste Detail geplant, nichts ging ohne seine Zustimmung.
Es ging alles perfekt über die Bühne. Die beiden heirateten

und flogen für eine kurze Flitterwoche nach Argentinien. Mariana wollte nicht mit nach Italien gehen, wollte lieber an der Abendschule ihr Ziel erreichen. Thomas flog nach Italien und Mariana blieb allein im Haus. Sie besuchte oft Frau Emilia, nach einem Monat kam die Nachricht, dass Thomas in einem Skiurlaubsgebiet ums Leben gekommen war. Mariana konnte es nicht fassen, kaum war sie verheiratet, da musste sie ihren Mann schon verlieren. Sein Leichnam wurde nach Brasilien gebracht, die Witwe stand vor dem Sarg ihres geliebten Mannes. Sie weinte wie ein Kind, genau wie damals als sie sich am Fluss begegneten.

Es war eine sehr schwere Zeit für Mariana. Zum Glück stellte sie kurz danach fest, dass sie schwanger war. Ein Unglück und ein Glück, fast zur gleichen Zeit. Mariana war sehr froh darüber, sie wollte gern bald wissen, ob es ein Mädchen oder Junge werden würde. Nach der dritten Untersuchung stellte der Arzt fest, dass es ein Junge war.

"Ja, Frau Mariana, sie können schon einen Namen aussuchen, der Junge wird bestimmt ein Mathelehrer wie sein Vater."

"Klar, Herr Doktor, er soll Thomas heißen, aber nicht Lehrer werden, sein Vater hatte schon genug Ärger mit seinen Schülern."

Mariana hatte keine Ahnung von ihrer finanziellen Situation, ihr Mann hatte nie über Geld gesprochen. Sie holte einfach Geld von ihrem Konto, das er für sie eingerichtet hatte, trotzdem war noch genug zum Leben da. Sie dachte, als Junggeselle hätte er ein dickes Sparkonto bei der Bank, aber die Realität sah anders aus. Eines Tages rief der Steuerberater an und wollte mit Mariana über viele Dinge sprechen. Thomas hatte immer in Saus und Braus gelebt, viele Urlaube gemacht und niemals gespart. Der Schuldenberg war so hoch wie der Mount Everest.

"Haben Sie eine Gütertrennung mit Thomas gehabt, Frau Mariana?", fragte der Steuerberater besorgt.

"Ich habe sowas unterschrieben, Thomas meinte, das wäre nur wegen der Steuer oder so, davon verstehe ich gar nichts. Damit war ich einverstanden, er war mein Mann und ich hatte volles Vertrauen zu ihm. Wieso Herr Fernando?"

"Also, ohne ein Gütertrennung wären Sie dran gewesen, sie wären für alles verantwortlich. Wenn es so geregelt ist, dann ist alles in Ordnung. Ist das Haus noch auf Thomas' Namen eingetragen?"

"Nein, bevor er weggeflogen ist, hat er alles auf meinen Namen umgeschrieben, ich wusste nicht warum, aber er meinte, das wäre als Sicherheit, falls irgendwas mit ihm passieren würde. Scheinbar hat er etwas geahnt."

"Dann hat er alles sehr gut gemacht, die Gläubiger können nicht an das Haus kommen, anders wäre alles weggewesen. Auto, Haus am Strand, Geld auf der Bank, alles was er besaß, werden die Gläubiger jetzt versuchen zu bekommen. Wir müssen sehr schnell reagieren, sonst haben Sie bald gar nichts mehr, er hat zuviele Schulden gehabt. Ohne das Haus wären Sie und ihr Kind bald auf der Straße. Ich wünsche ihnen alles Gute und bis bald."

"Und was soll ich jetzt machen? Wieder zu meiner Cousine gehen und Brötchen verkaufen?"

"Nein, Frau Mariana, als Ehefrau bekommen Sie eine gute und ausreichende Pension von ihrem Mann, damit sind Sie versorgt und Ihr Sohn auch. Machen Sie sich keine Sorgen. Ich habe schon für Sie alle Formalitäten erledigt, das geht heute noch mit der Post weg, sie müssen nur alles unterschreiben, wissen Sie? Thomas war ein sehr lieber Mensch, fast ein Bruder für mich. Seine Pension bekommen Sie bestimmt bald ausgezahlt."

Danach ging Mariana zu Frau Emilia, dort musste sie viel

weinen, sie erzählte von der Situation und die alte Dame war schockiert, aber tröstete Mariana so weit sie konnte.

"Weißt du, Mariana, Thomas hat dich wirklich sehr geliebt und dir einen Sohn geschenkt. Gott weiß schon was er mit uns macht. Du solltest nicht resignieren, am besten alles akzeptieren wie es kommt. Es hat keinen Sinn sich verrrückt zu machen. Das Leben geht weiter, ich bin alleine auf dieser Welt, ich hatte auch niemanden außer Thomas. Mein Testament habe ich schon lange gemacht, weil ich dachte, mein letzter Tag kommt bald. Dass Thomas zuerst gehen muss, habe ich nie erwartet. Er wäre mein einziger Erbe gewesen, deshalb hatte ich alles schon schwarz auf weiß erledigt. Da du seine Frau bist, wirst du alles bekommen, was ich besitze, das Haus, meinen Papagei, meine alten Kleider usw. Mach dir keine Gedanken, ich ändere mein Testament auf deinen Namen, wir sorgen für dich und dein Kind. Mein Haus kannst du später verkaufen. Mit dem Geld kannst du machen was du willst. Vielleicht eine Bäckerei gründen, wer weiß. Alles was ich habe, gehört dir ab heute."

"Nein, Frau Emilia, ich möchte keine Bäckerei aufmachen, ich mache mein Abi und vielleicht schaffe ich es an die Uni zu kommen, ich möchte Mathe studieren, das war immer mein Traum, dabei war ich nie besonders gut in Mathe. Können Sie das verstehen?"

"Ja, mein Kind, Albert Einstein war auch nicht gut in Mathe. Du kannst noch alles machen, was du willst. Du bist noch jung und dir stehen alle Türen offen."

Zwei Wochen später starb Frau Emilia, wieder ein Schlag im Leben von Mariana. Plötzlich stand Mariana da mit zwei wertvollen Immobilien und einem Kind. Ja, finanziell gesehen war ihre Zukunft gesichert, aber ihr Mann fehlte ihr sehr.

Die Zeit ging schnell vorbei, Mariana schloss ihr Abi mit

eins ab, so war ihr Weg zum Studium frei. Sechs Jahre später hatte sie ihren Abschluss. Zum Glück ging der alte Mathelehrer der ehemaligen Schule von Thomas in Rente, Mariana bekam die Stelle. Statt Thomas stand nun seine Frau vor den Schülern, obwohl sie früher nicht mal drei Brötchen zusammenrechnen konnte. Sie kam zum Klassenzimmer und grüßte, wie ihr Ehemann, alle Schüler sehr herzlich. Sie bewältigte ihre Aufgabe gut, der Direktor war stolz auf sie. Die Schüler waren begeistert von Mariana. Dann kam ein Schüler, der erzählte, dass sein Vater auch einen tollen Mathelehrer hatte und deshalb Mathe studierte, er wolle das jetzt auch. Mariana fragte nach dem Namen des Lehrers und der Schüler antwortete prompt.

"Das war der Herr Thomas. Der war wirklich super, wie mein Vater immer betont."

Mariana lachte und sagte.

"Weißt du, den habe ich sehr gut gekannt, der war wirklich toll."

Mariana war sehr beliebt in der Schule und ihr Sohn begleitete sie jeden Tag zum Dienst, er war auch als Schüler in der gleichen Schule wie seine Mama.

Wir spielen mit unserem Leben und das Leben spielt mit uns. Schicksal oder Zufall, das wissen wir nicht. Aber die Realität ist, dass im Leben alles passieren kann. Mariana hat niemals existiert, Thomas und Frau Emilia auch nicht, aber es war eine schöne Gute-Nacht-Geschichte, die ich euch gern erzählen wollte. Das Leben ist manchmal zu real, genau wie in meiner Erzählung, schön, dass du daran geglaubt hast.

Gute Nacht, Licht aus, wir gehen nachhaus.

Tiro...li...tiro...la, el cuento esta´ acabado...,

so würden meine lieben Kinder auf Spanisch sagen.

Tiroli, tirola el cuento esta´ acabado!

13 Freunde

Wer keine Freunde hat,
Sollte sich vielleicht
Einen Hund anschaffen.
Wer nicht unbedingt auf den Hund
Kommen will,
Der sollte dringend
Einen guten Freund suchen.

Der Mensch allein
Ist zu schwach.
Ein Hund und ein guter Freund
Geben uns Halt.
Der Hund läuft voraus
Und oft laufen wir
Unseren Freunden nach!

14 Die alte Dame und ihr alter Hund

Der Tag war sehr kalt und nass, die alte Dame ging trotzdem mit ihrem Hund spazieren. Er hatte manchmal keine Lust auf die Straße zu gehen, ebenso wie die Dame. Aber was sein muss, muss eben sein. Als der Hund klein war, musste die Dame auch nachts aufstehen und mit ihm weggehen, damit er sein Geschäft machen konnte.

Ich dachte oft nach. Warum sollte ich wegen einem Hund meine Ruhe und meinen Schlaf verlieren? Manchmal war es schon zwei oder drei Uhr nachts, da ging die Oma mit ihrem Vierbeiner auf die Straße und rief dem Stinktier immer nach. "Freschli, komm, Freschli, komm ..."

Von meinem Fenster aus konnte ich sehen, wie Hund und Frau alt wurden, der Hund lief jetzt sehr langsam voraus und die alte Dame schleppte sich hinterher. Ja, einer brauchte den anderen, keiner konnte mehr allein sein. Der Tod wird bestimmt bald zu beiden kommen ... Aber darüber sollten wir nicht spekulieren, das ist doch Gottes Aufgabe. Der Hund führte ein glückliches Leben und die Frau führte ihn sein Leben lang durch die Gassen. Von ihren Kindern und ihrem Ehemann wollte sie nichts wissen. Sie kam eines Tages allein in unsere Gegend und wird vermutlich auch alleine gehen. Der Hund wird sie vermissen, aber das gehört zum Leben. Es gibt viele Dinge, die uns wichtig erscheinen. Für den Hund zählt sein Essen, Wasser und sein tägliches Gassigehen. Alles andere juckt ihn nicht.

"Ich würde so gern ein Hund sein, nicht dieses Hundeleben leben müssen". Das sagte einmal ein guter Freund zu mir. Ich habe ihm geantwortet.

"Fang jetzt an dein Hundeleben zu ändern, steh jetzt sofort auf, du hast schon viel zu lange auf deinen vier Pfoten gesessen."

Jahre später habe ich diesen Freund wieder getroffen, er war total am Ende und wusste immer noch nicht, was er mit seinem Leben anfangen sollte. Die Frau war weg, der Hund war gestorben und die Kinder wollten von ihm nichts mehr wissen. Alle Freunde haben einen Bogen um ihn gemacht. Ich dachte mir:

"Der läuft immer noch auf vier Pfoten wie ein Hund, vergisst dabei, dass er ein Mensch ist und wird weiterhin über sein Hundeleben klagen." Ja, das Leben war für ihn immer ein harter Knochen gewesen. Er tat mir wirklich sehr leid. Aber manche wollen und können nichts anders, als das ganze Leben auf vier Beinen zu laufen, auch wenn man denkt, sie würden auf zwei Beinen stehen.

15 Der Meister hat einen Vogel

Ein Meister lebte im Wald,
Ganz weit weg von der Zivilisation,
Sehr selten bekam er Besuch.
Nun, eines Tages stand ein junger Mann
Vor seiner Tür und teilte ihm mit:
"Ich suche die Wahrheit des Lebens,
Ich suche einen wahren Meister wie Sie,
Der mir etwas Neues beibringen kann,
Deswegen bin ich von weit her
Zu Ihnen gekommen."
Der Meister schaute den jungen Mann an,
Sah vor sich dieses arrogante Wesen,
Das nichts anderes suchte als sich selbst
Und antwortete prompt:
"Dafür habe ich absolut keine Zeit".
Dann teilte der Meister dem jungen Mann mit,
Dass kein Platz für ihn da wäre
Und dass die Wildschweine
Ihn bald fressen würden.
Aber der junge Mann ließ nicht locker
Und antwortete prompt und resolut:
"Meister, ich werde hier bei Ihnen bleiben,
Ich komme von weit her zu Fuß zu Ihnen
Und möchte gern Ihr Schüler sein."
Der Meister lachte und antwortete:
"Bleib wo du bist und wo du willst,
Vor allem bleibst du weit weg von meinen Fersen,
Was du suchst, kann ich dir nicht geben,

Vielleicht in 100 Jahren, vielleicht."
Der junge Mann blieb letztendlich doch.
Er half dem Meister, wo er konnte.
Aber die beiden sprachen nicht viel miteinander.
Der junge Mann beobachtete jeden Tag,
Wie der Meister sehr früh aufstand
Und versuchte gar keinen Lärm zu machen.
Das konnte der Schüler nicht verstehen.
Warum und wieso tat der Meister sowas?
Weit und breit war niemand zu sehen.
Dann merkte er auch, dass der alte Mann
Sein verbrauchtes Wasser
Ganz weit weg schüttete,
Anstatt es vor der Tür,
In einer Ecke zu entsorgen.
Neugierig befragte er den Meister:
"Entschuldigung, Meister,
Warum bringen Sie Ihr Wasser
Jeden Tag so weit weg vom Haus?
Sie könnten es einfach vor die Tür schütten.
Tut mit leid, aber das begreife ich nicht."
Der Meister lachte und erklärte:

"Weißt du, da, an diesem Baum
Leben sehr viele Vögel
Und wenn die Lärm hören,
Dann fliegen sie weg.
Vor allem wenn es Lärm vom Wasser ist
Erschrecken sie sich sehr ...
Deswegen, bringe ich mein Wasser ganz weit weg,
Dort hin, wo keine Bäume sind,
Und wie du weißt, wo keine Bäume sind
Da gibt es auch keine Vögel."

Für der jungen Mann war das
Ein bisschen zu hoch,
Er würde niemals so weit laufen,
Nur um die Vögel nicht zu wecken.
Er gab auch seine Meinung dazu ab:
"Aber Meister, die anderen Menschen
Würden auch nicht so weit laufen wie Sie,
Nur um das Wasser wegzuschütten,
Keiner würde das machen,
Auch nicht wegen der Vögel, die schlafen wollen,
Das ist doch Blödsinn, meiner Meinung nach."
Der Meister lachte wie ein Kind und antwortete:
"Siehst du mein Freund?
Die anderen Menschen
Haben auch nicht so viele Vögel
Vor der Tür, wie wir sie haben!
Hast du jetzt verstanden?
Ab heute bringst du das Wasser für mich weg
Und noch weiter als ich es getan habe,
In Ordnung?
Morgen möchte ich ausschlafen!
Und die Vögel auch".

16 Straßenmusikanten

Die Narben der Zeit
Haben unsere Haut gekennzeichnet.
Wir haben niemals aufgegeben,
Wir blieben hart
Und setzten uns durch, nicht wahr?

Wir haben niemals aufgegeben,
Egal was für ein Wetter war,
Wir standen da
Und haben unermüdlich weiter gespielt.
Nun, irgendwann hat die Müdigkeit
Uns doch besiegt,
Oder jemand hat uns weggejagt.
Aber aufgeben, das haben wir nie getan!
So sollte es sein.
Ein Straßenmusikant kennt doch keinen Schmerz.
Wir sind Künstler des Lebens,
Unsere Musik bleibt lebendig
Für immer und ewig.
Die Passanten kommen und gehen,
Wir bleiben stur da stehen
Und zwar Jahr für Jahr,
Ein Straßenmusikant
Kennt doch keinen Schmerz.
Die Musik treibt uns
Weiter, weiter und weiter.

17 Uli aus Darmstadt

Er war noch sehr jung, nicht älter als 17 Jahre. Wir trafen uns immer mal wieder in Darmstadt, er lebte eine Zeit lang als Bettler, dann entdeckte er die Begabung zur Pflastermalerei. Das war sein und mein Glück! Auf diese Weise haben wir uns kennengelernt. Malen war die Leidenschaft seines Lebens geworden. Wir sind sehr oft von der Polizei oder der Stadtverwaltung weggejagt worden, aber wir kamen immer wieder zurück. Künstler und Kunst sind frei, wir wollten nicht aufgeben und für immer frei bleiben. Ich machte damals in Darmstadt meine Straßenmusik und Uli seine Pflastermalerei. Immer wenn ich seine Bilder betrachtete, musste ich sagen:
"Soviel Talent gibt es selten auf dieser Welt, Uli ist einfach genial. Genial und sehr bescheiden."
Aus einem jungen Bettler wurde ein großer Künstler. Er lebt für seine Kunst und hat, genau wie ich, mit meiner Musik, niemals aufgegeben. Wir hatten uns länger nicht gesehen, bestimmt mehr als 10 Jahre, eines Tages schob ich in Münster meinen Karren, mit allem was ich für die Straßenmusik brauchte. Da lag Uli auf dem Boden, wie immer auf den Knien und malte ein wunderschönes Bild. Ich war sehr froh den alten Freund wiederzusehen. Wir redeten über vieles, über die guten und schlechten Zeiten, die Schwierigkeiten für einen Künstler, der überwiegend auf der Straße lebt, und von kleinen Münzen leben muss. Es war sehr schön Uli zu sprechen. Wenn du einmal in Münster in Westfalen bist und meinen Freund Uli auf dem Domplatz oder irgendwo in der Nähe triffst, schau welche Kunst dieser Mann auf den Boden bringt. Und vergiss nicht, ihm etwas zu geben. Er lebt davon. Seine Kunst, seine Bodenmalerei ist wirklich sehr wertvoll.

Sage ihm einen schönen Gruß von mir und auch, dass er ein sehr großer Künstler ist. Uli, der Pflastermaler, ist jemand, der niemals aufgegeben hat. Aus seinem Bettlerleben lernte er viel und fand sein Talent. Aus der Not entdeckte er seine Kunst, Leidenschaft und den Lebensinhalt. Seine Bilder werden mit Sicherheit für immer bleiben. Ich frage mich jetzt, wo der kleine Uli aus Darmstadt geblieben ist. Keine Familie, kein Zuhause, immer unterwegs, ganz genau wie ich. Wo es eine Fußgängerzone gibt, da sind wir und keiner jagt uns weg, falls doch, dann kommen wir bestimmt wieder. Wir sind und bleiben eben Künstler, Künstler des Lebens. Picasso brachte das schon sehr gut auf seine Leinwand. Kennst du das Bilder von Picasso, welches "Die Künstler" heißt? Ja, so sind wir und werden wir bleiben. Wir denken positiv und handeln positiv. Wir machen aus jedem Tag und aus unserem Leben eine wertvolle Kunstgalerie. Man sollte mit der Kunst nur anfangen, wenn man davon überzeugt ist. Frei ist nur der, der kreativ sein möchte und kann. Mein lieber Freund Uli, egal was passiert, wir halten doch immer zusammen.

Auf dieser Welt sind wir überall zuhause, mal in einer Fußgängerzone, mal in einer kleinen Gasse, wir sind überall daheim! Leb wohl mein kleiner, lieber Uli, es ist schon sehr lange her, nicht wahr? Ja, bis eines Tages in Frankfurt, München, Münster, Darmstadt oder woanders auf dieser Welt. Egal wo wir sind, es wird immer ein paar Münzen für uns geben. So machen wir weiter, weiter und weiter, bis Gott uns ruft und sagt. Jetzt ist Schluss damit, keine Musik mehr und hört auf mit eurer Pflastermalerei. Dann werden wir lachen und Gott fragen.

"Hast du lieber Gott, auch ein paar Cent für uns?"

Leb wohl Uli, uns gehört die Welt, uns gehört die Kunst und wir gehören in die Fußgängerzone. Genau wie Molière seine

Theaterstücke auf der Straße aufführte, und andere auch, werden wir für immer im Gedächtnis vieler Menschen bleiben. Molière begann seine Karriere in Frankreich auf der Straße. Wir kommen immer wieder zurück zum Spielen und Malen, wir sind wie die Pest. Aber unsere Kunst ist einfach göttlich und die Menschen haben es verdient, uns zu ertragen. Dafür hat Gott uns doch erschaffen.

Es lebe die Kunst und die Straßenmalerei. Uli und alle Künstler, die unsere Straßen lebendig machen, sollen leben. Gott sei mit uns und die kleinen Münzen auch.

18 Der Teufel und der Engel

Plötzlich kam vom Himmel
Ein prächtiger Engel.
Er war wie üblich
Sehr blond und sehr hübsch,
Genau wie die Männer es sich wünschen.
Wunderschöne blaue Augen,
Klar, so muss ein Engel auch sein.
Er kam mit seinen großen
Ausgebreiteten Flügeln zu mir.
Ich dachte:
"Mein Gott, mit ihm gehe ich sogar
Durch die Hölle oder zum Himmel."
Er schaute mich an, und ohne zu zögern,
Ohne zu lächeln,
Gab er mir folgenden Befehl:
"Du musst alles wieder von vorn anfangen,
Dein Leben war bis jetzt großer Mist."
Von einem Engel
Hatte ich etwas anderes erwartet,
Ich konnte nicht glauben, was ich hörte
Und fragte mich bloß:
"Was für ein Engel soll das sein?
Ein Engel aus dem Aldi-Sonderangebot?
Vielleicht ist er nur ein Anfänger,
Ein Engel-Azubi, oder sowas?
Er kommt bestimmt
Von der Abend-Engelschule
Und hat keine Erfahrung
Mit Menschen umzugehen.
Ganz bestimmt."

Ich musste schon zugeben,
Ein bisschen Angst hatte ich doch.
Dann fragte ich ihn sehr empört und vorsichtig.
"Wer bist du denn du Kleiner?
Du sagst:
Mein Leben war bis jetzt großer Mist?
Das sagst du?
Und was soll ich jetzt machen?
Ich habe über 60 Jahre
Meines Lebens schon gelebt
Und jetzt meinst du
Ich muss alles von vorn anfangen?
Soll das ein Witz sein?
Soll ich jede Minute und jede Sekunde
Meines Lebens von vorn anfangen?
Alles wiederholen?
Das darf nicht wahr sein? Oder?
Du hast doch eine Meise!
Geh zurück zu deinem Onkel im Himmel.
Und sag ihm, er soll selber zu mir kommen.
Lass mich doch bloß in Ruhe."

Er schaute mich sehr verärgert an.
So einen Engel hatte ich nie erlebt,
Er sprach zu mir wie ein Polizist,
Und gab mir folgenden Befehl:
"Du muss alles von vorn anfangen,
Bis jetzt hast du nur Mist gebaut,
Das ist ein Befehl von unserem Chef,
Ja, alles wieder von vorn anfangen,
Und das wird ab sofort getan!"
Ich konnte nicht glauben, dass ein Engel
Einen Chef hat und so arrogant sein könnte.

Ich wollte mich genau erkundigen:
"Was für ein Chef? Wer ist dein Chef?
Mein Chef ist er nicht."
Er schaute mich an, flog ein paar Mal hin und her
Und gab mir eine sehr ernste Antwort.
"Wer denn wohl, du Schwachkopf?
Schau mal nach oben,
Wer steht da im Himmel über dir?
Der Bundespräsident doch nicht, oder?
Wer sollte der Chef sein?
Unser Gott, dein und mein Chef,
Hast du nie was davon gehört?
Und mein Chef sagt:
Du musst alles wieder von vorn anfangen,
Befehl ist Befehl und wird gemacht!
Ich zähle bis drei und du bist tot."
"Moment ... ich dachte ...
Ich müsste alles von vorn anfangen?
Und plötzlich muss ich doch sterben?
Wie soll das funktionieren?
Was sagen meine Oma und das Finanzamt?
Das geht nicht, mein lieber Engel,
Ich muss schon hier bleiben
Ich habe Familie und Kinder.
Warum kommt dein Chef nicht persönlich
Um mir das zu sagen? Ist er zu feige dafür?
Wo ist dein Gott? Wo ist dein Chef?
Über den Wolken, wie Reinhard Mey singt?
Warum kommt er nicht persönlich zu mir?
Bin ich es nicht wert?"
Der Engel verlor seine Geduld
Und wollte die Sache zuende bringen.
Aber vorher versuchte er

Mich doch fertigzumachen
Der Engel sprach weiter:

"Für solche Typen wie dich,
Für solche Casanovas
Haben weder mein Chef noch ich Zeit!
Wir haben gar keine Zeit zu verlieren,
Ich schicke lieber gleich den Teufel zu dir,
Der wird schon alles für uns erledigen.
Sein Kochtopf ist im Moment fast leer,
Schluss mit blablabla, ich muss weiter,
Ich habe keine Zeit und keine Geduld mehr."
"Moment mal, bitte", sagte ich ganz brav zu ihm,
"Ich werde alles tun was du mir sagst,
Ich verspreche es!
Aber so einen hübschen Engel habe ich nie gesehen,
Können wir nicht zuerst was zusammen trinken?
Einen Kaffee oder einen heißen Tee?
Dann können wir über alles in Ruhe sprechen.
Ich bin ein bisschen nervös,
Was soll ich tun?
Man spricht nicht jeden Tag mit Engeln. Oder?
Ich möchte nicht jetzt schon sterben.
Es ist noch zu früh für mich,
Nimm doch den kleinen Gregor Gysi,
Oder die Angela Merkel zuerst."
"Du musst wieder in die Schule!", sagte er zu mir.
"Wieder in die Schule? Wieso, warum?
 Ich habe schon mein Abi hinter mir."
"Ab in die Grundschule sage ich dir."
Ohne zu zögern, zog er seinen Zauberstock,
Zählte bis drei und da war es.
Plötzlich stand ich wieder in der Grundschule,

Mit meinem Pausenbrot in der Hand
Und mit meinem alten Schulranzen auf dem Rücken.
Ich konnte kaum glauben, was ich sah,
Vor mir waren meine Schulkameraden und auch
Meine unangenehme, unerträgliche Matheleherin.
Sie stand vor mir, wie ein Gespenst
Schaute mich an und sagte:
"Du bist wieder hier? Mein Gott, bloß das nicht!"
Dann zeigte ich ihr sofort meine Zunge
Was ich früher immer machen wollte,
Verpasste ihr eins auf den Hintern
Und rannte schnell weg.
Ja, das war es, was ich immer machen wollte.

Ich rannte so schnell ich konnte zurück nachhause.
Als ich zuhause ankam,
Schrie ich sofort nach meiner Mama
Und wer stand da vor mir?
Nein, wieder dieser Engel,
Diese verdammte Blondine mit Flügeln usw.
Ja, da war wieder dieser verdammte Engel.
Er schimpfte arg mit mir:
"Bist du bescheuert, oder was? Was ist los mit dir?
Wir schicken dich wieder in die Schule,
Damit du alles besser machen kannst
Und was machst du?
Ja, was machst du?
Warum hast du der Lehrerin
Eins auf den Hintern verpasst,
Und noch die Zunge gezeigt?
Du bist echt nicht ganz normal,
Und was machst du hier bei dir zuhause?
Deine Mutter ist nicht da

Und wird auch nicht kommen,
Sie ist schon lange unter der Erde,
Du hast alles kaputtgemacht,
Jetzt gehst du direkt zum Gymnasium
Und machst dein Abi nach,
Alles wieder von vorn,
Wie ich dir schon gesagt habe.
Wird es bald?
Ich schalte jetzt die Zeitmaschine für dich an."
Auf einmal stand ich in meinem Klassenzimmer,
Wo ich damals mein Abi gemacht hatte
Und musste wieder eine Physikarbeit schreiben.
Damals hatte ich schon gemogelt,
Es war eine Arbeit,
Bei der ich alles abgeschrieben hatte.
Peinlich, peinlich sage ich dir,
Ich hatte in dem Augenblick
Alle meinen kleinen Zettel von früher
Gar nicht mehr dabei.
Damals war unser Physiklehrer ein alter Herr,
Der alles erlaubte,
Für ihn war nur wichtig,
Dass wir die Schule bald verlassen würden,
Um Platz für andere zu machen.

Und so war es!
Ohne meine Notizen und kleinen Zettel
Bekam ich doch eine glatte Fünf.
Der Direktor freute sich und teilte mir mit:
"Herr Studiosus, das Abi ist nicht bestanden,
Wir sehen uns nächstes Jahr wieder.
Ich freue mich sehr darauf, du Dummkopf."

Da kam wieder dieser bescheuerte Engel,
Diese Scheiß-Blondine.
Ich hätte sie auf den Mond schießen können.
Mein Abi war hin, nur wegen ihr.
Sie schrie mich wieder an:
"Was machst du schon wieder für Sachen?
Du hast damals eine Zwei geschrieben,
Und jetzt eine Fünf, siehst du?
Dein Leben war wirklich immer nur Mist
Jetzt ab an die Uni mit dir."

"Nein, da gehe ich nicht wieder hin
Ich bin froh, dass ich schon alles hinter mir habe,
Alles, bloß das nicht. Nicht wieder in die Uni.
Ich bitte dich mein lieber Engel,
Du kannst den Teufel schicken, wenn du willst,
Aber nicht wieder in die Uni. Da gehe ich nicht hin."
"Und warum nicht? Ach, ich sage dir warum,
Weil du für dein Studium nichts getan hast,
Außer Saufen und Frauen flachlegen,
Du hast nichts anderes getan, nicht wahr?
Ein Casanova warst du.
Ja, dafür warst du schon bekannt.
Und keiner weiß genau,
Ob du die Uni zuende gebracht hast.
Wie war das damals ganz genau?
Was ist abgelaufen?
Du bist doch rausgeflogen, oder?"
Ich fing an zu weinen und musste zugeben,
Ich hatte meine Eltern damals belogen,
Meine Eltern dachten immer, dass ich
Mein Studium abgeschlossen hätte,
Dass ich die Uni abgebrochen habe,

Haben die nicht mitbekommen.
Die wussten überhaupt nichts darüber.
Ich hatte in Süd-Deutschland studiert
Und meine Eltern waren in Hamburg.
Nachdem ich ein paar Jahre sitzengeblieben war,
Erzählte ich meinen Eltern,
Dass alles in Ordnung sei und ich
Mein Studium abgeschlossen hätte.
Das war gelogen! Aber ich konnte nicht mehr.
Ja ich bin rausgeflogen, weil ich zu faul war.
Und so habe ich einen Job gesucht
Und erzählte allen Freunden,
Ich wäre schon mit meinem Studium fertig.

"Ja, ich habe Mist gebaut, das weiß ich.
Später sind meine Eltern gestorben
Und ich war durch die Erbschaft sehr gut versorgt.
Jetzt stehe ich vor dir, mein lieber Engel,
Ja, dieser Trottel, dieser Idiot, dieser Versager
Steht jetzt hier vor dir und vor der Welt.
Ich weiß nicht mehr, wie es weitergeht ...,
Das kannst du deinem Chef doch sagen.
Aber sterben möchte ich noch nicht, nicht jetzt.
Ich habe Familie und Kinder,
Die mich noch dringend brauchen."
Aber der Engel war nicht unbedingt menschlich
Und sprach sein Urteil:
"Zum Teufel mit dir, du Idiot.
Warum bist du so geworden?
Deine Eltern waren so lieb zu dir
Und was hast du getan?
Du hast nur Mist gebaut, gelogen und gelogen,
Dein ganzes Leben war immer eine reine Lüge!

Deswegen bin ich jetzt zu dir gekommen,
Und jetzt werden wir ernsthaft darüber reden.
Hast du gesehen wie dein Leben immer war?
Findest du das richtig? So, jetzt hole ich den Teufel,
Der soll dich, wenn er will, mitnehmen.
Ich habe keine Geduld mehr mit dir.
Schon seit 60 Jahren laufe ich dir hinterher,
Ich habe dich vor einem großen Autounfall gerettet,
Ist das nicht so?
Als du wegen Haschisch im Knast warst,
Habe ich dafür gesorgt,
Dass du wieder auf die Straße kommst,
Aber jetzt reicht es mir.
Ich gehe weiter, aber vorher mache ich
Schluss mit dir.
Ich gehe, basta, finito,
Mir ist scheißegal was mit dir passiert.
Ob du Kinder hast oder nicht,
Das interessiert uns alles nicht mehr."
Ich fing an zu weinen und bat den Engel.
"Nein, geh bitte nicht,
Ich flehe dich an, mein lieber Engel,
Bleib noch ein paar Jahre bei mir,
Ich verspreche mich zu bessern."
Der Engel schaute mich besorgt an und antwortete:
"Das höre ich seit du geboren bist,
Du hast im Leben nur Mist gebaut
Und was willst du jetzt machen?
Noch dazu bist du jetzt arbeitslos geworden,
Keiner von deinen Freunden weiß das. Nicht wahr?
Und das Geld von deinen Eltern,
Davon ist kein Cent mehr geblieben.
Du hast alles verpulvert, du hast versagt.

Ja, Zigaretten, Frauen und Alkohol.
War das nicht so? Was willst du jetzt noch von mir?
Kauf dir eine Pistole, bevor es zu spät ist.
Da, siehst du, in der Ecke, das ist der Teufel,
Der wartet schon auf dich."
"Bitte, bloß das nicht.
Ich war immer ein sehr gläubiger Mensch."
Der Engel war schon wütend auf mich,
Am liebsten hätte er mich erwürgt.
"Nein, ich hole jetzt den Teufel für dich,
Schluss damit, du hast deine Zeit gehabt,
Und du hast deine Zeit auf dieser Erde verplempert."
Mein Gott, in dem Moment
Wusste ich nicht mehr, was ich machen sollte.
Wie konnte so ein hübscher Engel
So grausam zu mir sein?
Ich habe geweint, ich habe geschrien ...
Dann kam der Teufel mit seiner "Feuerzunge"
Immer näher und näher zu mir.
Ich bekam Fieber,
Schrie wie am Spieß.
"Nein, nein, ich möchte noch nicht gehen
Ich habe Frau und Kinder,
Lass mich noch ein bisschen hier bleiben ..."
Dann hörte ich ganz weit weg eine Stimme,
Die von einem echten Engel kam:
"Markus, Markus, wach auf, was hast du?
Wach auf, du träumst, alles in Ordnung?"
Neben mir war meine Frau.
Meine liebe Frau, mein wahrer Engel,
Sie weckte mich zur richtigen Zeit,
Als ich schon fast
In der Hand des Teufels war.

Ich hatte sie mit meinem Geschrei geweckt.
Mein Gott, ich war so froh
Einen wirklichen Engel bei mir zu haben.
Ich machte sofort das Licht an,
Da lag neben mir meine liebe Frau,
So hübsch wie noch nie.
Mein Gott, ich war so froh,
Dass sie nicht blond war
Wie dieser arrogante Engel.

Dann versprach ich mir auf der Stelle
Mein Leben von vorn anzufangen.
Ich hatte Angst, dass der Engel
Oder dass der Teufel wiederkommt.
Ein paar Jahre später wurde ich durch viel Fleiß
Ein erfolgreicher Manager,
Keine Zigaretten und kein Alkohol mehr,
War die Devise.
Jahrelang musste ich immer wieder
Wegen meines Alptraums schwitzen und lachen.
Es war damals alles so real,
Hast du sowas schon erlebt?
Nun, das war der entscheidende Moment
In meinem verflossenen Leben.
Der entscheidende Moment,
Um mich endlich zu ändern und zu bessern.
Ja, ich habe mich gebessert!
Ich habe gelernt positiv zu denken,
Ich habe gelernt positiv zu handeln,
Und gelernt positive Entscheidungen zu treffen.
Nur so geht das Leben weiter.
Ich danke dir, mein lieber Engel.
Kreist du immer noch über meinem Kopf?

Oder hast du schon aufgegeben mich zu schützen?
Sag deinem Chef schöne Grüße von mir,
Ich bleibe hier und gebe nicht auf. Ok?

Das Leben ist doch so schön,
Es hängt nur von uns selbst ab
Alles schön zu gestalten.

Leb wohl mein lieber Engel,
Wenn es soweit ist,
Kannst du mich gern holen,
Aber jetzt möchte ich noch
Ein bisschen hier bleiben,
Leb wohl mein lieber Engel ...
Und danke für alles,
See you later ...

19 Die heilenden Bewegungen

Als ich im Jahr 2003 nach Brasilien flog, dieses Mal tagsüber, erlebte ich einiges. Für eine so lange Strecke ist ein Nachtflug angenehmer, weil weniger anstrengend, trotz der schönen Sicht über den Wolken am Tag. Neben mir im Flugzeug saß eine Frau, die mir, als sie kam, nicht einmal guten Tag sagte. Vor uns standen fünf Fernseh-Monitore, die uns die ganze Reise lang quälten. Also, wir mussten ständig die leuchtenden Farben sehen, ob wir wollten oder nicht. Dies war für die Augen und die Seele eine ziemliche Belastung. Ist es wirklich notwendig solche Fernseher im Flugzeug zu haben? Zum Glück haben die modernen Maschinen an jedem Sitzplatz, für jeden Passagier, einen kleinen eigenen Monitor, den man jederzeit ausschalten kann. Aber damals waren die Fluggesellschaften noch nicht so weit. Die Frau neben mir klagte nach circa sechs Stunden Reise über unerträgliche Kopfschmerzen und ich auch. Sie griff natürlich selbstverständlich sofort zu Pharmaka, was sehr leicht und bequem ist, ich dagegen zu meiner alten Heilmethode aus China. Das ist immer meine Geheimwaffe, gegen alles was im Alltag vorkommt. Das ist die altbekannte Tai-Chi Bewegungsform.

Meine Nachbarin rief die Stewardess und prompt wurden ein Glas Wasser und zwei Aspirin serviert, somit schien alles unter Kontrolle zu sein, dachte ich mir. Da ich auch nicht schlafen konnte und meine Kopfschmerzen immer stärker wurden, stand ich auf und suchte einen kleinen Platz zwischen der Toilette und anderen Passagieren. Dort machte ich meine verschiedenen Tai-Chi Übungen. Nach etwa sieben Minuten hatte ich keine Kopfschmerzen mehr. Also ging ich wieder zu meinem Sitzplatz zurück, konnte ohne Beschwerden viele Stunden schlafen, bis wir in São Paulo ankamen. Es war schon dunkel, als wir in Brasilien landeten. Als ich wach wurde, blickte ich an meine rechte Seite und sah, dass meine Nachbarin noch wach war.

"Na, sind Ihre Kopfschmerzen weg?", fragte ich höflich, "konnten Sie schlafen?"

"Nein, die Kopfschmerzen machen mich wahnsinnig. Sie sind kaum auszuhalten", antwortete sie.

Ich sagte darauf nichts und war mal wieder überzeugt davon, dass die pharmazeutischen Mittel nicht immer die beste Lösung sind. Meine Methode hatte funktioniert. Meine Tai-Chi Meisterin wäre bestimmt stolz auf mich gewesen, wenn sie hier gewesen wäre. Meine Flugnachbarin hatte trotz ihres Medikaments weiterhin gelitten und nahm mit Sicherheit nach dem Flug wieder Tabletten. Meine Methode ist meines Erachtens gut geeignet. Wenn der Körper den Schmerz durch die Seele selbst in den Griff bekommt, bleibt der Körper geheilt. Was mit der Chemie behandelt wird, hält nicht lange an oder funktioniert manchmal gar nicht. Sehr selten habe ich Kopfschmerzen. Im Flugzeug waren sie einfach durch die Stresssituation ausgelöst. Die langersehnte Reise nach Brasilien, zu meinen Eltern, die ausdauernde Wartezeit am Flughafen und alles was zu einer langen Reise gehört hatten angestrengt.

Noch im Flugzeug hatte ich versucht, meiner Nachbarin etwas über meine Methode zu erzählen, aber selbstverständlich interessierte es sie nicht, sie erwiderte nur:

"Es kann sein. Jeder Mensch ist anders, bei einem funktioniert es, bei anderen eben nicht."

"Was der Bauer nicht kennt, das frisst er nicht." Also stellte

ich wieder fest, was die Menschen nicht mit den Händen oder Füßen greifen können, das existiert für sie nicht. Sie denken wahrscheinlich, das seien Einflüsse von einer anderen Welt, davor haben sie Angst. Man befürchtet, aus seiner kleinen Welt herauszurutschen. Der Geist bleibt ein Sklave des Körpers, so ist es immer schwer zu begreifen, wie sich irgendwas außerhalb der Erde dennoch bewegt und funktioniert. Durch meinen Tai-Chi-Unterricht bei der New Dance Academy in Westfalen veränderte ich mich. Ich fühlte mich wie neu geboren und lernte, mit meinem Körper umzugehen, mich bewusst in der Welt zu bewegen. Zuerst hatte ich verschiedene Lehrer, später entwickelte ich meine eigene Methode, ohne mir darüber Gedanken zu machen, ob diese falsch oder richtig ist. Sie funktioniert bei mir und ich bin froh, etwas Neues in meinem Leben entdeckt zu haben. Mit Sicherheit können wir unser Leben verändern und verbessern durch Tai-Chi, Yoga, Qi-Gong, Meditation u.s.w. Solche Bewegungen können jedem Menschen helfen, in schwierigen Situationen besser zurecht zu kommen. Es sind einfache Bewegungsformen, die wir täglich üben können, unabhängig vom Alter und der körperlichen Verfassung oder Kondition. Sie stärken die Abwehrkraft und geistige Kraft.
"Lass die Seele fliegen und der Körper wird folgen!"
Wir dürfen nicht vergessen, dass wir heutzutage ständig im Stress sind. Sozusagen unter Hochspannung sein müssen. Wir leben wie Hamster im Käfig, die ständig im Rad laufen. Solche Stresssituationen ergeben sich immer wieder, wenn wir nicht mehr aus der Routine aussteigen können oder wollen. Früher, wenn meine Frau fragte, ob ich irgendwas für sie machen könnte, war meine Antwort immer dieselbe:
"Ich habe leider keine Zeit dafür, ich habe genug zu tun."
Ihre Antwort dagegen war: "Du hast immer etwas zu tun, und wenn du nichts zu tun hast, dann suchst du was zu tun."

Es kann gut sein, dass wir unbewusst immer was Neues suchen und deshalb keine Zeit haben, um zum Beispiel eine Tür zu reparieren, oder einfach den Müll rauszutragen, oder Tai-Chi zu üben.

Zeitgewinn hängt davon ab, wie wir die Zeit verwenden und aufteilen. Nun, zum Glück habe ich mich ändern können. Die Zeit in meinem Leben ist nicht mehr geworden, ein Tag hat immer noch 24 Stunden. Ich bin einfach da und erledige das Notwendige, oder das, was ich gern möchte. Wie Anselm Grün sagt:

"Eine Sache nach der anderen."

Ich tue alles ohne Stress und freue mich auf neue Aufgaben, egal welche. Freizeit heißt für mich zum Beispiel ein paar Minuten am Tag nur für mich zu haben. Oder mich nach dem Mittagessen dreißig Minuten hinzulegen, die Augen zu schließen, abzuschalten. Das kann in einem Sessel, im Bett oder auf dem Boden sein. Ja, einfach zu mir kommen, mich wiederfinden, meine Ruhe haben. Leider verwenden viele Menschen die Mittagspause, um schnell eine Bratwurst runterzuschlucken, etwas Banales in einer Zeitschrift oder Zeitung zu lesen, oder in der Fußgängerzone rasch noch etwas zu erledigen.

Egal was ansteht, ob eine neue Zahnbürste gekauft werden muss, eine Banküberweisung getätigt wird oder man kurz zur Bank rennt, um die Hochs oder Tiefs zu sehen - wir sollten immer Pausen und Freizeit einplanen. Sonst ist die Zeit auf dieser Erde vergeudet, dabei ist sie viel zu kurz, um sie unbewusst zu leben. Etliche Rentner haben nie Zeit, dabei wollten sie in in ihrem Rentendasein so viel machen!

Viele gehen in Rente mit dem Gedanken, jetzt alles tun zu wollen, für das sie früher nie Zeit hatten. Egal ob sie lesen, malen, Fahrrad fahren, vielleicht auch alte Freunde besuchen, letztlich bleibt doch alles wie vorher. Die ewige Rennerei bleibt gleich, sie bleiben weiterhin Gefangene ihrer Zeitplanung, Sklaven ihrer Gedanken "ich habe keine Zeit." Die Zeitknappheit fängt schon frühmorgens im Straßenverkehr an. Wenn man Gleitzeit hat, ist es nicht automatisch besser. Dann will man schnell zur Arbeit kommen, um früher nachhause zu können. Denn die Partnerin, die Ehefrau oder die Kinder warten, oder vielleicht auch der Hobbykeller. Der Tag fängt so stets mit Stress an und hört damit auf. Jede Minute zählt! Ja, vielleicht sind die Kinder allein zuhause oder im Fernseher kommt etwas Wichtiges. Kommt der Vater mit einer kleinen Verspätung, geht es schon wieder los. "Konntest du dich nicht ein bisschen beeilen"?, fragt die Ehefrau verärgert. Schließlich hat sie einen wichtigen Termin, wie vielleicht den Friseurbesuch.

So machen wir uns langsam kaputt und können dem Mäuse- und Ratten-Leben nicht entkommen, wir rennen wie in einem Hamsterrad oder Mäusekäfig. Die dreißig Minuten Mittagspause wirken in meinem Leben wie ein Wunder. Mit täglicher Entspannung und einer Meditation kann ein neuer Anfang beginnen. Vielleicht denkt ihr, einfach herumzusitzen, nichts zu tun, sei vergeudete Zeit, doch nur in der Ruhe liegt die Kraft! Die Chinesen fangen sehr früh an zu arbeiten, aber ihre Mittagspause ist ihnen heilig. Für sie nehmen sie sich mindestens zwei Stunden Ruhe, in denen sie alles liegen lassen, Frieden und Ruhe wirken lassen. Dies wäre für westliche Zivilisationen undenkbar.

Für eine Freundin von mir aus Brasilien, war die deutsche Gewohnheit eine Mittagspause einzulegen eine schwierige Umstellung, die sie schwer begreifen konnte. In dieser kurzen Zeit zu essen und anschließend sofort weiterzuarbeiten war sie nicht gewöhnt. Richtige Entspannung ist in dieser Zeit nicht möglich und wer kann schon auf diese Weise volle Leistung bringen? Ja, viele müssen sogar im Büro bleiben und eventuell in Alarmbereitschaft sein, falls etwas Dringendes kommt, was natürlich auch passiert. Die Freundin hatte einen Job mit kurzer Pause, die nicht einmal reichte, um frische Luft zu tanken, zumal ihr Chef sie genau kontrollierte. Für sie war dieses Leben einfach unbegreiflich, genauso wie die Mengen Kaffee, die ihre Kollegen den ganzen Tag lang tranken, um wach und fit zu bleiben. Eine Art Selbstmord, den man in Portionen begeht.

Ja, auf Dauer kommen wir so aus dem Hamsterrad nicht heraus. Wir rennen hin und her und fragen nicht mal warum. Mit der Zeit gewöhnen wir uns daran und wollen auch kein anderes Leben mehr führen, weil es für uns normal geworden ist. Einen anderen Lebensstil oder eine andere Methode auszuprobieren scheint nicht mehr möglich. Alles ist etabliert, ist reine Routine geworden. Das Leben geht weiter, auch wenn es mit großem Stress verbunden ist. Mit der Zeit helfen drei oder vier Aspirin am Tag nicht mehr aus. In der modernen Welt gilt jemand, der zuviel Zeit hat oder scheinbar zuviel Freizeit genießt vielleicht als Taugenichts. Er wird eventuell als Faultier angesehen, das nichts mit seiner kostbaren Zeit anzufangen weiß.

Ich halte es auch nicht für gut, wenn Menschen jede freie Minute vor dem Fernseher sitzen, um zu sehen wieviele Menschen an dem Tag gestorben sind, beispielsweise beim Ausbruch eines Vulkans, oder wo andere Katastrophen passiert sind. Glauben Sie nicht, dass Millionen von Menschen so leben? Schalten Sie Ihren Fernseher an, dann sehen Sie viele negative Nachrichten. Tragödien verkaufen sich sehr gut und steigern die Zuschauerquote, nicht wahr?

Meine wenigen Tai-Chi-Bewegungsformen haben mir beim Langstreckenflug geholfen, sie befreiten mich von Kopfschmerzen. So etwas hilft nicht nur gegen Schmerzen, sondern gegen viele andere Probleme, wie beispielsweise Stress

und Angst. Es reicht nicht, alles zu machen, sondern man muss auch daran glauben. Schon Jesus sagte:
"Ich heile niemanden, du heilst dich selbst." Im Glauben liegt die Kraft und Heilung, die Methoden, die dort hinführen sind das Mittel zum Zweck.
Viel Vergnügen mit diesen Anregungen und denken Sie daran: Fragen Sie nicht immer den Arzt oder Apotheker, nehmen Sie Ihr Schicksal selbst in die Hand, jeder Mensch ist für sich selbst verantwortlich. Wer aber meint, nur ein Arzt oder Apotheker könne helfen, der sollte diesen fragen. Doch vielleicht probieren Sie auch andere Methoden. Denken Sie daran, Ihre Gesundheit ist für Sie selbst wichtig. Je öfter man krank ist, desto besser ist es für das Einkommen mancher Berufszweige. Die Pharmaindustrie lebt von kranken Menschen, nicht von Gesunden, die Ärzte und Apotheker ebenso. Lebe bitte nicht nach dem Motto: "Außer Spesen nix gewesen."
Wie die Schamanen richtig sagen: "Gib deinem Leben eine andere Richtung, lass dich durch deine Geistführer leiten und manchmal für dich entscheiden, was korrekt oder falsch für dich ist. Gott weiß, was er macht und das ist gut so". Wir wissen oft selber nicht, was wir mit unserem Leben machen wollen. Wie in meinem Buch "Im Ozean des Lebens" zitiert wird:

"Oft ist das Wasser trüb und dunkel
Dann brauchen wir das Licht
Von unserem Gott."

Wir wissen, frische Luft ist sehr gesund. Nun, die frische Luft, die wir brauchen, fängt bei uns zuhause oder am Arbeitsplatz an, überall dort, wo wir sind und gebraucht werden. Wir benötigen sie in unserem täglichen Leben.

Regelmäßig werden wir von verschiedenen Chemikalien bombardiert, auch im eigenen Haus haben wir überall Gift, das wie ein Kriegsfeld für unseren Körper sein kann. Manche Chemieprodukte, die wir im Bad oder der Toilette benutzen, sind Feinde unserer Gesundheit, anders ausgedrückt: "Sie machen uns schön und krank."
Manche Reinigungsprodukte bleiben wie böse Geister in der Luft und greifen uns ständig an, töten nicht nur die Bakterien sondern irgendwann auch uns. Die Reinigungsprodukte haben Hochkonjunktur in der Werbung, alles muss picobello sein. Apfelessig hilft auch und ist gesundheits- und umweltverträglich. Das Staubsaugeranschalten kostet viel Strom und es verpestet die Luft. Er wirkt wie eine Schneekanone, alles wird durch die Luft geschleudert, die Bakterien und Milben feiern ein Fest und toben in der Luft herum. Sie können in die Lungen gelangen und Allergikern würde ich empfehlen, die alte Methode des Feuchtwischens zu nutzen. Ein bisschen wischen, aber nicht zu nass, denn die Bakterien lieben auch die Nässe. Sauberkeit und Schmutz sind nicht immer deutlich von einander zu unterscheiden, aber hygienisch sollte es sein. Manchmal ist ein kleiner Fleck nicht so tragisch, die Ursache für Krankheiten kommt oft von den Putzprodukten selbst. Ein Spülmittel, das alles glänzen lässt, ist nicht immer das Beste für unsere Gesundheit: "Es glänzt und macht uns krank". Da kommen wir noch einmal zum Thema Chemie. Übertriebene Sauberkeit kann man vergleichen mit einer Hexe in einem Prinzessinnenkostüm. Vorn hui und hinten pfui.

Mein Urlaub in Brasilien war damals sehr schön. Ich wurde von meiner Schwester verwöhnt, aber die Zeit ging sehr schnell vorbei. Beim Rückflug hatte ich keine Kopfschmerzen, war erholt und hatte genug Frieden, Ruhe und Sonne aufgetankt, für das stressige Leben hier in Deutschland. Denken Sie daran: Du kannst dich selbst heilen, der Wille dazu muss da sein, renne nicht immer sofort zum Arzt oder Apotheker. Die haben schon genug zu tun und sind dankbar, wenn nicht jeder mit einer kleinen Erkältung vor der Tür steht. Gute Reise liebe Freunde, und kommt wieder gesund nachhause. Gute Besserung, falls es noch nicht soweit ist. Wir lieben euch. Den Arzt und den Apotheker sowiewo!

20 *Wenn das Meer ruft*

Der alte Mann und das Meer
Eine Geschichte voller Geheimnisse
In jedem Hafen eine Liebe
Bei jedem Abschied
Ein Kummer
Kummer von einer Liaison
Die tief in seinem Herzen geblieben ist
Aber das Schiff muss weiter
Die Wellen können nicht warten
Und der alte Matrose muss frei sein
Ja, frei sein ...
Bis sich eines Tages das Leben
An einem fernen Horizont verbirgt
Und alle Geschichten der Welt
Finden dann ihr Ende
Die Illusion des Lebens
Ist wie das Meer selbst
Mal sanft mal voller Gewalt

21 Der alte Mann und der Priester

Ein alter Mann saß jeden Tag auf einer Bank unterm Kastanienbaum. Er klagte jahrelang, dass sein Leben so schnell durch seine Finger renne, dass er kaum Zeit habe alles zu tun, war er gern tun wolle. Eines Tages antwortete ihm ein junger Mann:

"Machen wir es so, mein Herr, ich schenke Ihnen meine Jugendzeit und Sie schenken mir all Ihre Lebenserfahrungen, die Sie mit den Jahren gesammelt haben. Ich bin noch sehr jung, ich bin nicht mal 30, Sie dagegen sind schon fast 100 Jahre alt. Sie haben bestimmt jede Menge zu erzählen. Schenken Sie mir all Ihre Erfahrungen, ich schenke Ihnen all meine Jahre, die mir noch zum Leben bleiben. Wenn Ihr Tag gekommen ist, dann gehe ich für Sie ins Grab."

Der alte Mann war dieser Idee gar nicht abgeneigt und fragte:

"Was willst du damit machen, mein Junge? Irgendwann wirst du auch so alt sein wie ich, und was hast du davon? Ich bekomme deine Lebensjahre, um weiterzuleben. Dann bleiben für mich vielleicht noch 50 oder sogar 70 Jahre auf dieser Erde, und du bekommst meine Erfahrungen. Bald bist du weg, für immer und ewig. Was machst du, ohne dein Leben, ohne deine jungen Jahre, und auch ohne deinen schönen Körper, den alle Frauen so sehr begehren? Ohne all das wirst du mit meinen Erfahrungen gar nichts anfangen können. Eines Tages wirst du vielleicht sogar wie ich über die fehlende Zeit klagen. Alles was ich schon gelernt oder getan habe, wird dir gar nichts nützen, du machst damit einen schlechten Tausch, das sage ich dir. Aber wenn das möglich wäre, wie sollten wir es machen? Soll ich dich umbringen oder du mich vielleicht? Das kapiere ich nicht, trotz meiner fast 100 Jahre, die ich auf dem Buckel habe, komme ich nicht mit. Tut mir sehr leid. Ich muss weiter, soviel Zeit habe ich heute wirklich nicht."

"Es ist ganz einfach", antwortete der junge Mann. Wir werden uns jeden Tag hier unter dem Baum treffen, ob es regnet oder die Sonne scheint. Dann werden wir uns stundenlang unterhalten. Ich werde alles fragen und Sie müssen mir immer eine klare und ehrliche Antwort geben. Sie werden der Meister sein und ich Ihr Schüler. Wenn wir unser Gespräch beendet haben, dann werden Sie mit mir Sport treiben. Da wäre unsere Abmachung."

"Was? Mit fast 100 Jahren soll ich mich mit dir durch die Gegend bewegen, spazierengehen? Nein, das ist nichts mehr für mich. Ich habe eine kaputte Hüfte, außerdem habe ich nicht so viel Zeit. Wie du weißt, male ich nebenbei, irgendwie muss ich ja noch mein Brot verdienen. Ich habe keine Rente, keine Kinder, keine Frau, ich habe überhaupt nichts und auch kein Geld. In diesem hohen Alter muss ich noch arbeiten. Was willst du noch von mir? Soll ich stundenlang hier mit dir sitzen, über die Wolken und den Himmel reden? Nein, das ist nicht für mich. Du kannst ein hübsches Mädchen suchen, das Zeit dafür hat. Ich glaube, du spinnst ein bisschen, mein Freund. Was werden die anderen Leute über uns sagen? Vielleicht, dass wir beide schwul sind oder sowas. Nein, ohne mich. Dafür ist alles schon zu spät, ich könnte morgen schon tot sein."

Der junge Mann gab nicht auf und fuhr fort:
"Probieren wir es, es wird uns beiden gut tun, ich werde wie ein Schüler hören, was Sie mir zu erzählen haben. Danach müssen Sie mit mir über die Felder und Wiesen laufen und schwimmen gehen. Ich bin gut in Sport, ich mache auch

Kung-Fu. Wir werden überall hinlaufen und später, wenn Sie fit sind, dann machen wir ein Wettrennen. Wer gewinnt, muss ein junges Mädchen suchen und es heiraten. Ja, ich bin immer noch Jungfrau, ich meine unschuldig. Sie wissen, was ich meine, kein Sex, also vollkommen unerfahren. Die richtige Frau habe ich noch nicht getroffen ... Suche ich auch nicht! Die Richtige wird schon kommen."

"Was? Noch Jungfrau? In deinem Alter war ich schon fünf mal Vater und hatte überall hübsche Freundinnen. Ich war fast 50 Jahre lang als Matrose auf dem Meer. In jedem Hafen hatte ich eine Liebe und ein Kind. Du verlierst deine Zeit mit deinem Zölibat, warum bist du nicht gleich Pfarrer geworden?"

"Das wollte ich auch. Bis vor zwei Jahren war ich in einem Kloster. Ich bin ein Priester, besser gesagt einer gewesen."

"Was? Ein richtiger Priester mit Soutane, Kreuz und Rotwein? Das darf nicht wahr sein. Und was machst du jetzt? Bist du arbeitslos geworden? Der Vatikan zahlt dir bestimmt keinen Cent, wenn du ausgetreten bist. Das ist fast wie bei den Zeugen Johovas, du bist sozusagen ausgestoßen."

"Ja, sozusagen. Ich könnte aber jederzeit in die Schule gehen und Religionsunterricht geben. Nun, ich bin nicht mehr überzeugt von dem, was ich gelernt habe und weitergeben sollte. Inzwischen bin ich ein Buch, eine Enzyklopädie ohne Inhalt geworden, ich fühle mich leer. Alles was ich gelernt habe, sagt mir ganz und gar nichts mehr. Nun suche ich etwas Neues ... Verstehen Sie? Zwar liebe ich meinen Jesus, deshalb bin ich ins Kloster gegangen, aber er ist in meinem Leben nicht mehr der Gleiche. Wir sind zu Fremden und gleichzeit zu Freunden geworden, ich fühle Jesus ganz nah bei mir, aber nicht wie die Kirche es mir beigebracht hat. Mein lieber Gott ist auch anders geworden. Nur kann ich nicht mehr alles wiederholen wie ein Papagei. Daher habe

ich Schwierigkeiten im Kloster bekommen. Ich hätte meinen Mund halten müssen oder gehen. Also bin ich gegangen, jetzt bin ich hier und erzähle Ihnen nur Blödsinn. Oder?"
"Nein, mein Junge, was du mir erzählst ist hochinteressant, ich muss mich entschuldigen. Aber, was willst du noch bei mir lernen, du bist ein Priester, du bist in der Gesellschaft hoch angesehen und geschätzt, du bist sozusagen ein Gelehrter, ein Geistlicher. Was soll ich dir erzählen? Meine Liebesgeschichte? Meine Abenteuer als Matrose auf dem Weg durch die Welt? Das ist alles viel zu wenig im Vergleich zu dem, was du aus deinen Büchern gelernt hast. Überall habe ich Frauen gehabt, bei denen ich sehr viel gelernt habe, ist es das was du von mir hören willst? Egal, ob ich mit einer Chinesin oder mit eine Thailänderin zusammen war. Bei jedem Menschen habe ich viel gelernt. Darüber kann ich dir vieles erzählen. Aber mehr nicht."
"Alles, was Sie mir erzählen, ist für mich wichtig, mein Herr. Sie sollten mein Meister werden. Alles was Sie erlebt und gelebt haben, ist für mich wichtig, ich werde ein guter Schüler sein, das verspreche ich Ihnen. Ich weiß nicht mehr wohin, ich weiß nicht mehr, was ich will. Ich bin ständig am Suchen."
"Du bist genau wie unser lieber Buddha, als er jung war und nach seiner eigenen Wahrheit suchte. Das ist richtig so, mein lieber Freund, das Leben ist eine ständige Suche nach einem Pfad, den wir nicht finden werden. Nun, alles was du suchst, ist in dir selbst."
"Was? Sind Sie Buddhist? Das wusste ich nicht, es ist schön, das zu wissen. Meiner Meinung nach war Jesus auch ein Buddhist. Ich glaube, er kannte schon damals genau die buddhistische Philosophie, es gibt eine Theorie, derzufolge Jesus in Indien war. Daran glaube ich auch. Was meinen Sie? Das könnte doch möglich sein. Nicht wahr?"

147

"Um Buddha zu kennen, müssen wir nicht unbedingt nach Indien gehen. Aber die katholische Kirche will das nicht hören, dadurch macht sie sich noch unbeliebter unter den Gläubigen."

"Ich bin davon überzeugt und viele noch amtierende Priesterkollegen, dass Jesus viel von Buddha wusste. Aber, in der Kirche und vor dem Vatikan dürfen wir soetwas nicht behaupten."

"Im Namen der Rose! Was für eine Kirche ist das, mein Freund?"

"Wenn ich meinem Pater soetwas gesagt hätte, dann hätte ich bestimmt 2000 Ave Maria rezitieren müssen und unseren Garten pflegen. Einmal musste ich 3000 Mal ein bestimmtes Bibelkapitel vorlesen, nur weil der Abt ein Buch aus Indien bei mir gefunden hatte."

"Und was für ein Buch war das? Das Rote Buch von Mao oder das Playboy-Magazin?"

Die beiden lachten sich halb tot und der junge Priester war zum ersten Mal seit er die Gemeinde vor Monaten verlassen hatte, wieder so ausgelassen wie ein Kind.

"Meister, ich weiß nicht mehr was für eine Kirche das war oder ist. Ich bin leer und unsicher geworden!"

"Ich bin kein Meister, mein Junge, war nur ein Schiffskoch, mehr nicht, du bist ein Meister und bei dir kann ich bestimmt noch sehr viel lernen, ein Priester bist du ja trotzdem noch, oder?"

"Innerlich und rechtlich schon. Aber, wie ich schon erwähnte, kann ich mit allem, was ich gelernt habe, gar nichts mehr anfangen. Mit 12 Jahren war ich schon im Kloster und musste jahrelang immer wieder weinen, weil ich meine Geschwister und meine Eltern nicht bei mir hatte. Dann habe ich meine ganze Familie durch einen Autounfall verloren. Auf einmal hatte ich niemanden mehr. Das Klosterleben war schwer für mich, aber ich hatte keine andere Wahl. Ich habe dafür gelebt, nur gelernt, war in jeder Beziehung der beste Schüler, der beste Student. Sehr oft war ich in Rom, habe mich mit vielen Professoren unterhalten. Meines Wissens habe ich es soweit gebracht, dass ich am Schluss überhaupt nichts mehr wusste, jetzt weiß ich immer noch nicht was richtig oder falsch ist. Beziehungsweise bin ich überzeugt, dass ich nichts weiß. Ich bin nur ein Fleck auf der Erde, sonst nichts. Jeden Tag bete ich, dass Jesus mir einen Weg zeigt, um aus dieser Agonie zu kommen. Wissen Sie? Ich bewundere Jesus Christus, ich wollte genau wie er sein, so viel wissen, deswegen habe ich studiert. Mein ganzes Klosterleben lang lernte ich immer, habe ein sehr begnadetes Gedächtnis, kann viele Dinge schnell auswendig lernen. Mit 28 Jahren bekam ich schon einen Doktor-Titel. Wenn ich als Dozent zur Uni gegangen wäre, könnte ich schon Professor sein."

"War dein Jesus ein Doktor oder ein Professor?"

"Nein, das ist auch nicht der Punkt. Ich habe das gern getan, aber dann ließ ich alles liegen."

"Mein Gott, du hast es wirklich sehr weit gebracht, willst trotzdem von mir etwas lernen? Wie soll das gehen? Ich bin kein Lehrer, ich habe weder Philosophie noch Theologie studiert, war sehr oft in einem buddhistischen Kloster in Thailand, aber bin niemand Besonderes. Ich weiß nicht so viel wie du. Ein Akademiker bin ich nicht, meine Eltern waren Analphabeten, und ich war kaum in der Schule. Ich musste sehr früh anfangen zu arbeiten, mit 20 war ich schon auf einem Schiff, dort habe ich Kochen gelernt, das kann ich gut, aber überwiegend die chinesischen Gerichte, denn ich komme eigentlich aus China. Die japanische Küche beherrsche ich auch, war sehr oft in Japan, habe auch dort ein Kind. Ich war wie ein Hund, überall musste ich mein Territorium markieren. Eine schöne Zeit war das, und jetzt bin ich schon fast 100 Jahre alt und frage mich jeden Tag, mein Gott, wie lange lebe ich noch? Mein lieber Gott, hast du mich vielleicht vergessen, vergessen mich abzuholen? Weißt du, Herr Pfarrer, manchmal denke ich, unser lieber Gott sucht mich überall, in China, Japan, Thailand oder Tunesien. Wenn das so weitergeht, werde ich mich schriftlich bei ihm melden. Sie sind ein Priester, kann es sein, dass er mich vergessen hat? Das wäre eine Katastrophe, bald wird mein jüngster Sohn schon 70 Jahre alt, meine Enkelin ist 40, und ich bin immer noch auf diesem Planeten."

Wieder lachten die beiden ausgiebig und der alte Mann war offensichtlich die richtige Gesellschaft für den jungen Priester. "Und was machen wir jetzt?," fragte der junge Mann. "Sind Sie dabei oder nicht? Wir müssen einen schriftlichen Vertrag machen."

"Was? Sind Sie ein Priester oder ein Geschäftsmann? Wir machen einen Vertrag und bald bekomme ich, wie üblich, Werbung aus dem ganzen Land oder einen Staubsauger geliefert. Das mache ich nicht. Mein Wort ist Gold wert, mein Junge. Kein Vertrag ..."

"Lieber Meister, ohne Geschäfte würde es niemals so eine dominante katholische oder evangelische Kirche geben, wie wir sie auf der ganzen Welt haben. Oder?"

"Ja klar, ich mache mit, nur mit Sport werden Sie es schwer mit mir haben, ich bin kein Boris Becker, oder so."

"Machen Sie sich keine Sorgen, in kurzer Zeit werden Sie vielleicht so fit sein wie ein junger Hund und ich so klug wie Sie."

Der alte Mann schaute sehr skeptisch und fragte:

"Und wie lange soll das dauern? Ich habe nie in meinem Leben Sport getrieben, außer beim Sex."

Beide lachten wieder wie die Kinder. Der junge Mann überlegte und antwortete:

"So lange wie notwendig, ein Jahr, zwei, oder 100 Jahre, wer
weiß? Wir müssen die Abmachung treffen und nicht aufgeben, bis wir das Ziel erreicht haben. Sonst gilt das nicht!
Abgemacht?"
"Wie kann ich wissen, dass wir eines Tages schon soweit gekommen sind, dass wir unsere Abmachung erfüllt haben?"
"Was haben Sie zu verlieren? Haben Sie Angst vor mächti-
gen Meereswellen gehabt? Oder Angst vor allen Frauen, die
Sie flachgelegt haben und die schon tot sind?"
Der alte Mann überlegte ein bisschen, schaute den Priester
mit seinen kleinen Augen an und antwortete voller Über-
zeugung.
"Angst vor hohen Wellen habe ich nie gehabt, aber vor
Blondinen schon. Ok, abgemacht! Wir können uns auch
manchmal bei mir treffen, ich wohne nicht weit weg von
hier, bei diesem China-Restaurant. Ich muss Ihnen was erzählen, ich arbeite da immer noch in der Küche, aber das ist
nicht offiziell. Diese Chinesen haben lauter Schwarzarbeiter
in der Küche, ich habe dort ein kleines Zimmer im Keller,
wo ich malen kann. Manchmal verkaufe ich ein Bild an
einen Kunden, aber das ist immer top secret. Niemand darf
was mitbekommen, sonst fliege ich raus." Der alte Mann
streckte   seine Hand aus und sagte. "Ok, abgemacht, jeden
Tag werden wir uns hier treffen. Nachmittags habe ich
immer Zeit, vormittags muss ich kochen."
Und so trafen sich die beiden Männer jeden Tag, sprachen
und machten Sport zusammen. Der alte Mann war noch sehr
fit und schon bald brachte er den jungen zum Schwitzen.
Sein Rezept war Chi-Gong, das hatte er sein ganzes Leben
lang gemacht, es hatte ihn in Topform gehalten. Die Ge-
spräche dauerten oft Stunden, sogar ganze Nächte. Plötzlich, nach ein paar Jahren, kam der junge Priester nicht
mehr. Der Alte wartete und wartete, er konnte nicht begrei-

fen, was im Kopf seines Freundes vorgegangen war. Keiner wusste, wo der Pfarrer war. Nach zwei Jahren bckam der Meister einen Brief von seinem Schüler und Freund, darin stand:

"Lieber Freund! Lieber Meister! Seit zwei Jahren lebe ich in einem buddhistischen Kloster im Himalaya. Sie haben mir sehr viel beigebracht, doch ich wusste immer noch nicht wohin ich gehen sollte und warum ich auf dieser Erde bin. Mein ganzes Leben habe ich immer gesucht, genau wie Buddha. Hier habe ich gelernt, dass alles was ich suchte ich selbst bin. Ich lief mir hinterher, rannte immer im Kreis, bis ich hier ankam. Zu Ihrem 100. Geburtstag werde ich kommen und wir werden zusammen einen Marathon laufen. Abgemacht?"

Der alte Mann bekam Tränen in den Augen und sprach leise zu sich:

"Ja, mein Sohn, abgemacht. Wir werden einen Marathon laufen, schau dass du fit bleibst."

Der Weg zu sich ist sehr langwierig und mühsam. Wenige Menschen kennen diesen Weg oder finden ihn überhaupt. Es ist eine ewige Suche, manchmal dauert es ein ganzes Leben, bis man am Ziel ist. Dabei ist alles so nah und gleichzeitig so weit, oft kommt einem alles fast unerreichbar vor. Der Weg zu uns selbst zieht sich durch das Leben und ist mal sanft, mal voller Steigungen. Das ist vielleicht so, weil wir uns wirklich nicht kennen oder nicht kennen wollen. Uns ist es lieber, uns fremd zu sein, anstatt der Wahrheit ins Gesicht zu sehen, als unser Ego und falschen Idealismus zu entdecken. Das macht eben alles so schwer. Gott weiß es!

Die Vogelscheuche · Acryl auf Leinwand · 40 x 50 cm © Dirceu Braz 2015

Die Gemälde von Dirceu Braz sind käuflich zu erwerben.
Der Reinerlös ist zugunsten von Kindern in Brasilien bestimmt.

Info: Mogi Fonds e.V.
Präsident: Dr. med dent Michael Schröder
E-Mail: braz-brasil@hotmail.com

Dirceu Braz
Im Ozean des Lebens
Philosophische Gedanken
und Bilder zum inneren
Frieden und Wohlfühlen

Gebundener Umschlag
208 Seiten,
mit 100 farbigen
Abbildungen
ISBN 978-3-89960-334-7
Laumann Verlag

Dirceu Braz & Conny Zahor
**Engel der Vergebung
und des Friedens**
Die Wiederentdeckung
meiner Seele in
einem verlorenen Ich

Gebundener Umschlag
208 Seiten,
ISBN 978-3-89960-339-2
Laumann Verlag

Dirceu Braz
und Conny Zahor
Der Regenbogen des Daseins
Fotografie von Dominik Braz

Paperback
208 Seiten,
mit zahlreichen
s/w Abbildungen
aus Argentinien
ISBN 978-3-89960-342-2
Laumann Verlag

Dirceu Braz
Mal die ein neues Leben

Paperback
168 Seiten,
ISBN 978-3-73578-220-5
Books on Demand

Dirceu Braz
Erzählungen & Malerei

Paperback
188 Seiten,
ISBN 978-3-73470-278-5
Books on Demand

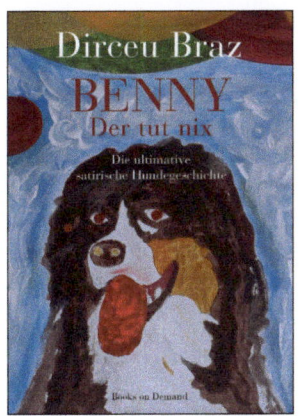

Dirceu Braz
Benny – Der tut nix
Die ultimative satirische
Hundegeschichte

Paperback
168 Seiten,
ISBN 978-3-73477-674-8
Books on Demand

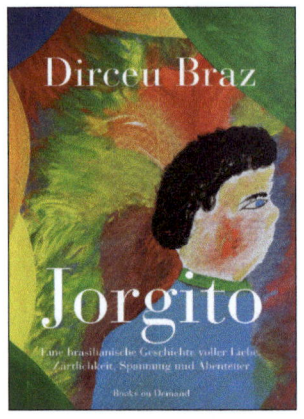

Dirceu Braz
Jorgito
Eine brasilianische voller Liebe,
Zärtlichkeit, Spannung und Abenteuer

Paperback
172 Seiten,
ISBN 978-3-73477-829-2
Books on Demand

The King of Bachtrompete

Meditation (NGE 502 C)
Johann Sebastian Bach, Georg Friedrich Händel,
Dirceu Braz
Dirceu Braz: Bachtrompete
Stefan Glaser: Orgel

The Voice of Trumpet (NGE 505 C)
Ralf Gabe, Johann Sebastian Bach, Michael Delalande,
G. B. Samartini, G. F. Kaufmann,
J. B. Loeillet de Gante, Dirceu Braz
Dirceu Braz: Bachtrompete, Flügelhorn,
Trompete, Percussion
Clemer Andreotti: Gitarre
Johannes Vogt: Gitarre
Ralf Gabe: E-Piano
Ludwig Kümmerlin: Piano

Johann Sebastian Bach
und andere Werke aus der Barockzeit
(NGE 503 C)
Johann Sebastian Bach, Georg Friedrich Händel,
Jeremiah Clarke, Henry Purcell,
Francesco Manfredini
Dirceu Braz: Bachtrompete
Stefan Glaser: Orgel

Info: braz-trompete@hotmail.de